仙途有诈

唐家小主 著

天津出版传媒集团
天津人民出版社

图书在版编目（ＣＩＰ）数据

仙途有诈 / 唐家小主著. -- 天津：天津人民出版
社，2016.5（2020.3重印）
ISBN 978-7-201-10267-2-01

Ⅰ. ①仙… Ⅱ. ①唐… Ⅲ. ①长篇小说－中国－当代
Ⅳ. ①I247.5

中国版本图书馆CIP数据核字(2016)第075612号

仙途有诈

XIANTU YOUZHA

唐家小主 著

出　　版	天津人民出版社
出 版 人	黄　沛
地　　址	天津市和平区西康路35号康岳大厦
邮政编码	300051
邮购电话	（022）23332469
网　　址	http：//www.tjrmcbs.com
电子信箱	reader@tjrmcbs.com

责任编辑	玮丽斯
特约编辑	李　黎
装帧设计	赖　婷　齐晓婷
责任校对	落　语

制版印刷	三河市华东印刷有限公司印刷
经　　销	新华书店
开　　本	660毫米×960毫米　1/16
印　　张	16
字　　数	158千字
版权印次	2016年5月第1版　2020年3月第2次印刷
定　　价	42.80元

目录

目录

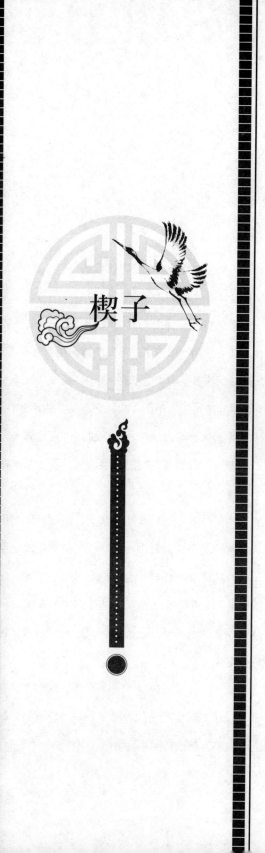

楔子

“天啊！我从来没有见过那么漂亮的狐妖！”

“我也没见过，而且还是个公的！”

远远地，云冬就听到仙婢们叽叽喳喳闲聊着牢里的雪狐，她不动声色地走过去，围观的仙婢立刻不出声了，笑眯眯地给她让开一条道。

“少主，那狐妖好嚣张啊，骂了您一个下午了！”

云冬一听，挑起了半边眉毛：“哦，它都骂了些什么？”

仙婢怯怯地看了她一眼，吞吞吐吐地说：“它骂您……下流无耻，乘人之危，看它长得漂亮，居然对它连射三箭，每一箭还都射在它的屁股上，说您臭……臭不要脸！”

云冬的眉毛抖了一下，一口血涌上喉头，她压了压，抬步朝牢里走了进去。牢房很大，放眼望去，只看到一个巨大的结界，发出似有若无的光，光线里面躺着一只毛发雪白、十分漂亮的狐妖。

它受了很重的伤，颈上有一道长长的伤口，屁股上还沾着一大摊血渍，上面插着三支冰羽箭。云冬站在结界外一尺之处，看着气若游丝的它：“狐狸精，听说你要见我？”

听到这声呼唤，雪狐的尾巴僵了一下，像是压抑着满身火气慢慢地抬起头，淡淡朝云冬瞥了一眼，面前的少年穿着藏青色衣衫，细皮嫩肉似乎还没怎么长开，秀气的小脸雌雄莫辨，显示出一副“油盐不进”的蠢样儿。

雪狐愣了愣，随后摇摇晃晃地站起来，咬牙切齿地望着对面："你就是扶桑一族的少主？"

"行不改名，坐不改姓，我就是扶桑云冬。"

雪狐目光不善："扶桑一族的少主怎么是你这么个不男不女的小白脸？"言语中格外的不屑。

他万万没想到自己金贵的屁股竟然是被这么个小白脸给伤了！而且还连射了三箭！下手如此凶狠！

真是越想……越觉得窝火！

云冬嘴角一抽："你已经骂了我一个下午，现在又骂我？做妖也要做一只文明的妖，况且是你自己闯入落霞山，还撞倒了我落霞山的神柱。"

雪狐冷哼："骂你又怎样？待我出去后，定把你揍得稀巴烂！连你爹娘都认不出来！"

"你出不去。"云冬咧嘴笑了，"迄今为止，凡是闯进落霞山的妖怪，都被我抽筋剥皮了，没有一个逃出去的。"

结界里一道紫色光芒闪过，云冬再看过去时，雪白的狐妖瞬间变成了一个漂亮绝伦的少年郎！

他穿着玄色衣裳，银发紫眸，即便受伤，全身上下仍然透着一股莫名的冷气。他怒火万丈地盯着云冬："你可知我是谁？竟敢这样对我！"

云冬上下打量他几眼，除了长着一副漂亮到没朋友的皮囊，没看出什么特别的地方，只好坦言道："一只垂死挣扎的狐狸精。"

"你——"美少年似乎为之气结，转身朝结界上面狠狠地踹了一脚："你一定会后悔的！你等着，待我恢复元气，先把你大卸八块！"

他说完便不再理会云冬，坐下开始闭目养神。云冬也坐在外面，一点儿都不担心他能有所作为，这结界是爹爹临死前用真元化的，专业克妖数百年，可不是想逃就能逃的。

她开始好整以暇地盘算起来："嗯，这皮毛甚好，可以给娘亲做一件绝无仅有的狐裘，眼睛也漂亮，说不定可以加工成夜明珠，内丹吃了可以提升修为。"

对面的美少年眼皮抖了抖，却听到云冬叹了口气："还是算了，狐狸精素来奸诈猥琐，吃了内丹也不知会变成什么鬼样子。"

他的眼皮抖得更厉害了。

"干脆将内丹打碎了喂狗吧，连肉带骨一起给它好了。"

……

两天后，云冬的如意算盘还没有开始执行，恢复元气的雪狐已经冲破了结界，消失得无影无踪。云冬瞪着空空如也的牢房，心里只闪过一个念头：完了！

第一章

冤家又见冤家

看着碧霄山这光秃秃的大门入口，我再一次在心里流下了忐忑的泪水，过了八百年的悠闲生活，说不定人生的噩梦就要从这里开始了。

这山里头住着一位三界共愤的大魔头，平日里无恶不作，动不动就要闹点儿事给仙界添堵，天庭的众仙家对此魔头的恶劣行径深恶痛绝，可无奈人家修为高深，老仙家们没几个是他的对手，因此也只能背后戳戳他的脊梁骨。

而我扶桑云冬，今次前来就是奉了太子帝涟月之命来做卧底的，想到这，我顿时悲从中来。

——定是我前世高香没有烧好，这一生才会有此一遭。

我若是女儿身也就算了，好歹还能豁出脸皮牺牲色相用用美人计什么的，话说回来，我确也是女儿身，只不过拜妖王所赐，导致我从小不得不女扮男装，不敢以女儿身示人，所以全天庭的仙家们都以为我是个男人。

说起我这悲惨的人生，到底什么时候是个头啊……

我还在进与不进之间做天人交战，前方忽地传来一声怒斥："哪路妖邪？站在碧霄门外鬼鬼祟祟想要做什么？"

妖邪？本少主浑身上下哪里有一丝丝的妖邪之相了？再说了，这样标标致致、端端正正地站在这里思考人生，哪只眼睛看出来鬼鬼祟祟了？成语学得不好不要乱用！

我低头检查了一遍身上普通的麻布男装，没发现任何破绽，才朝里面道："我是凡间修道之人，早闻你们山主天姿伟岸，心中倾慕已久，特意前来拜会山主，小兄弟，可否帮忙通传一下？"

小兄弟似乎啐了一口，用相当不屑的语气说："区区一介红尘俗人，竟然还妄想见我们山主，愚蠢的人类啊！"

我脸色一黑，在这样和平的世道，这妖孽竟然还搞种族歧视，思想觉悟如此之低，看来是不会与我好好交流了。挥一挥衣袖，拨开门内的重重云雾，我抬脚走了进去。

那妖孽见我进来，立刻尖叫着现了身，指着我语无伦次地咋呼："你你你……大胆狂徒！我没叫你进来，你……你怎么好意思进来？"

他看上去根正苗红，头上顶着几枝桃花，不用想也知道是个刚化人不久的小桃妖，不过他这一激动竟然从小少年又变成了小姑娘，那小姑娘脸上还带着稚嫩，看着我气呼呼地亮出了武器——一截桃花枝。

"你这人渣，再往前走休怪我不客气了！"

说话忒不文明，怎么张口就骂人，我抬手敲了敲她的脑袋，谆谆教育道："好好一小姑娘，年纪这么小不学好，跟着男孩子私混，竟然还附在他身上，知不知羞。"

小姑娘摸了摸头，瞬间又变成小少年，鄙夷而恼怒地瞪着我："你眼瞎了啊？我这是雌雄双体，你这人类不仅愚蠢，竟然还嚣张地打我，我看你是不想活命了！"

这回轮到我惊讶了，活了八百年了，还是头一次见到雌雄双体的桃花精，万年都难遇的奇葩啊，真是长见识了。

　　我摇头感慨，桃花精却将手中桃枝一甩，朝我扑了过来。我虽修为不高，但对付这个还没长开的小桃妖还是绰绰有余的，三两下就把他揍趴下了。

　　"居然下这么重的手，你这个死人渣……"桃花精趴在地上哀号，忽男忽女地变来变去，把我的眼都给晃花了。

　　我没再理她，转身朝前面走去，走了大约半炷香的时候才走到山窝窝里，这山里头什么妖怪都有，看到我都屁颠屁颠地跟在我身后，当我走到山主住的院落时，身后已经跟了几百个妖怪，回头一望，黑压压的一片。

　　"山主，有个人类要见你。"身后传来一阵咆哮。

　　妈呀，要不要这么突然，吓死本少主了！

　　我满脑门儿都开始冒汗，惴惴不安地望向院内，院内静了片刻，然后一道紫色光芒倏然闪过，院子里就多了一位身着玄衣的修长男子。

　　想必这个就是我要找的山主大魔头玖非夜了，我心里一"咯噔"，还没看清就摇摇晃晃地扑了上去，一把抱住大魔头的大腿："神君，我仰慕你很久很久了，这一次不远千里跋涉就是为了来一睹神君的风采，神君大人啊，我终于见到你了呜呜呜……"

　　我还像模像样地挤出了几滴泪水，以显示我的真诚，我感觉被抱住的大腿僵了一下，继而冷冷的声音从头顶飘了下来。

　　"你现在见到了我的风采，可以滚了。"

　　这……我顿时语塞，回头朝后面一望，几百个妖怪在院外笑得"花枝乱颤"，那场面真是壮观。

　　好不容易鼓起勇气到了这里，我已经没有回头路了，要是就这么被赶回

去，先不说面子问题，就说太子那个冷暴脾气，肯定让我死得连一点儿尊严都没有。

想想那惨不忍睹的情景，我越加抱紧了魔头的大腿："我已经无家可归了，看在我长得还算养眼的分上，神君您就收留我些时日吧？"

大魔头似乎有些动容，非但没推开我，竟然还邪笑起来："别人都说我冷血残忍，杀生如麻，手上沾满了三界众生的血，没有谁敢靠近碧霄山，你一个凡人居然还有胆量要求留下来，你不怕我？"

若说是不怕那必定是假的，据闻这大魔头在几千年前就已经修为问鼎，那时他还是天庭的神君，衣袂飘飘，容貌绝世，许多仙子都是他的粉丝，后来不知为何，他一夜堕仙，打伤了天庭许多仙家后跑到碧霄山占山为王。

我虽也是仙，可与大魔头一比……这区区八百年的修为，还浅得很呢！

"那都是传言，有什么好怕的，何况我就喜欢神君的冷血残忍，杀生如麻。"我继续昧着良心献媚，把挤出来的泪水一股脑儿全擦在他的大腿上。

大魔头不禁冷笑了下："把头抬起来让我瞧瞧。"

这句话正合我意啊，我也想瞅瞅这位堕仙大魔头长的什么模样，我仰起头，期期艾艾地朝他看去——

我的个菩提老祖哇！

这是要我的命啊！怎么会是他呀？

大魔头似乎也认出了我，当下一脚把我踹开，摸着自己的屁股下意识地退了一步，目光愤愤地，像是要把我活活绞碎。

"扶桑云冬！"

"狐狸精！"

我俩异口同声。

他皱起眉，好像很讨厌我喊他这三个字，冷哼一声道："我没找你，你倒自己送上门来了。"

苍天那个大地啊，穿帮了穿帮了，我顿时觉得天要塌了，地要陷了，冤家路窄啊！

站在我面前的人，玄衣飘袂，容姿倾世，一头银丝优美如雪，眉心一朵鲜红的火色印迹，紫色的眸子像王母划出的天河里最幽深的碎冰，可不正是几百年前被我连射三箭，还被关进结界的胖狐狸吗？虽然比以前更加漂亮更加邪魅了，可这痛恨的目光、跋扈的气焰，与当年简直一模一样啊！

他还说要把我揍得稀巴烂，把我大卸八块……

风水轮流转，这回我的小命只怕不保，我忽然想起了凡间有句俗语——出来混，总是要还的！

"狐……呸，不对，神君大人。"我搓了搓手，努力挤出一点儿笑容，"真是有缘千里来相会，没想到当年那只可爱的小狐狸就是您啊，小的有眼不识泰山，让神君大人受苦了，您的屁股……现在还好吗？"

我不说屁股还好，这一说他的脸色立马阴云密布，白皙的手微抬，掌心猝然燃起一团幽紫色的狐火，要笑不笑地朝我走过来。

"你说要把本君的毛发做成狐裘？"

完了，隔了这么些年他还记得我的全名，记得我的模样，甚至记得我说过的话，看来这狐狸精还不是一般的记仇。我赶忙堆出一脸自认为很甜腻的笑："不敢不敢，神君您听错了。"

"你还说要把本君的眼睛加工成夜明珠？"

"哪有的事，误会误会，都是误会！"我边说边退。

"你还说要拿本君的内丹喂狗？"

"哈哈，那一定不是我，神君您认错人了……"我打着哈哈已经被逼到了院门口。玖非夜脸色铁青，手中的狐火高高抬起，又重重落下。

我吓得闭上眼睛，本能地抓住他的手："神君手下留情啊，我错了，我错了还不行嘛，要烧可以，可千万别烧我的脸啊。"

"呵，仙家之人怎么还在乎这些皮相……"玖非夜的语气听上去充满鄙视，我正想反驳两句，门外突然冲进来一个花影，我定睛一看，却是那被我打趴下的桃花精，此刻她是个小姑娘，一张俏生生的面庞上鼻青嘴斜。

这是我的杰作。我心虚地看了几眼，摆出防备姿态。

"山主，这人渣心肠歹毒，把我的脸都毁容了，山主您要为我做主啊！"桃花精告状了。

玖非夜冷冷而笑，彻底怒了："你这小白脸，不仅伤我，还敢伤我碧霄山的小妖？"他想了一下，又道，"罢了，既然你这么在乎自己的脸，本君便也不烧你别的地方，就烧你的脸好了。"

他说着，一掌送来，汹涌的火焰呼啦一下击向我，我大叫一声拔腿就跑，幽紫色的狐火在我身后紧追不舍，烤得我后背发烫，妖怪们看得津津有味，还拍手叫好。

一直到我跑出碧霄山，整个人都快断气了，那狐火才不甘不愿地回去。

我靠着一棵树坐下来，苦思冥想着怎么打入碧霄山内部的良计，早前想好的乔装凡人的计划穿帮了，更没想到他会是旧时冤家，我们之间结着这么大的梁子，除了打道回府，估计只剩下死缠烂打这一条路了。

山中时有微风，我想着想着竟然不知不觉睡着了。待我再醒来时，已经是深夜了。

我生平虽没做什么缺德亏心事，可有两样东西却是最怕的，一个是妖王的儿子凤幽，另一个就是鬼，凡间的夜晚可不比天界，乌漆抹黑的时候恶鬼就会爬上来撒野，想到那披头散发、伸着长舌头的鬼，用冰凉的手来抚摸脖子，我的全身立刻就涌出了一层鸡皮疙瘩。

屈指一弹，我用仙法升起一团明火，一边烤火一边盘算着任务完成后要找太子要份什么样的赏赐才算够本，还没想出具体要什么，山林里忽然吹起了一阵疾风。

狂风呼啸，刮得脸有些生疼，一声声低泣从风中幽幽传来，那泣声起先还很小，慢慢地越来越近，近到就像在我耳边哭号。

妈呀，冷静，冷静……我心里一怵，连忙站起身四处张望，林子中猛然亮堂起来，周围闪出了许多一簇簇暗绿的鬼火，树枝开始变粗变长从空中张牙舞爪地伸来，脚下的土也莫名震动，一根根白骨从地底下破土而出，每爬过一块地方，那一块的土就鲜红一片。

"啊啊啊——鬼啊！"

刚刚聚集起来的冷静瞬间轰然倒塌，我惨叫一声，一溜烟儿就朝前跑远了，有史以来我还没有发挥出这样闪电般的速度，由于太快，悲剧也紧随而来，我一头栽了个狗吃屎，摔得满嘴都是泥。

顾不上呼痛，我灰头土脸地爬起来，赶紧从袖中掏出一面镜子仔细对照，有没有瘀青？有没有摔碎牙？有没有破相？

虽说我打小女扮男装，可我到底是个如假包换的仙子，在娇娥如云的天

界，这容貌是何等的重要，未来我还想嫁个俊美无匹、威风八面的如意郎君呢。

可是不看还好，这一看……我的个天老爷啊！镜子里居然冒出一个青面獠牙的家伙对着我微笑，是的，他在对我笑！长长的舌头一晃一晃，慢慢地从镜子里伸出来，在我"如花似玉"的脸上舔了一下。

他舔了！他舔了！这只鬼居然舔了我的脸！

"啊啊啊——老色鬼！臭流氓！不要脸！"我万万没想到，今晚遇到的鬼竟然是一只色鬼！

清清白白地活了八百多年，今天居然让一只色鬼给轻薄了！我未来的相公大人，我对不起你，我不想活了呜呜呜！

"小少爷，你的皮肤好滑呀。"镜子里的疯鬼发出一阵毛骨悚然的笑声。

这个可恶的老色鬼……我霎时泪流满面，立刻把镜子砸在地上摔了个稀巴烂，抬手使出吃奶的劲用力搓着被他舔过的脸皮，搓着搓着，我忽然觉得有些不对头了。

刚刚他的舌头伸过来时好像有一团阴影，他一个没了灵体的鬼魂，为什么会有黑影呢？

"你不是鬼，你是谁？"我顿觉松一口气，同时连忙退后一步，用仙术幻化出一柄长剑，劈头盖脸地就朝对面刺去，打不过大魔头，打不过小鬼，对付这些个小妖魔我还是信心十足的。

那黑影刚从破碎的镜子里飘出来，被我打了个措手不及，差点儿现出原形，稳了稳身形，立刻扫出一股飓风，他这一招来得太猛，刮得我有些晕头

转向。

"想不到堂堂落霞山的少主,居然这么怕鬼?哈哈哈……"黑影笑得极是猖狂。

伤疤被揭,我颇有些恼羞成怒,举着剑不管不顾地就要与他拼命:"要你管!半夜三更装鬼吓人也就算了,竟然……竟然还轻薄我!你这个无耻之徒!有本事站那别动,吃我一招幻海葬花!"

幻海葬花是我的绝技,名字相当文艺风雅,可我的修为还不到位,每次使出这一招时效果都与这个风雅的名字有着天差地别,因此寻常我不怎么用它,今晚真是被这厮给气得脑子打结了。

我念了个诀,挥袖朝前掷去,想象中的雪花冰锥没有出现,只见铺天盖地的黑乎乎的东西毫不留情地朝黑影砸了下去。

"这是什么鬼?"黑影起先一怔,随后闪身避开,看着那一堆堆黑乎乎的东西笑得前俯后仰,"猪……猪屎?这就是扶桑一族的成名绝学幻海葬花?哈哈哈,扶桑云冬,你真是笑死我了。"

三百年前我使用过一次此绝技,那时幻化出来的是虚无的猪毛,这次倒是升华了,可为什么是猪屎啊,呜呜呜!

我捂着脸默默垂泪,这事若是被人传出去,当真没脸见人了。琉心说的没错,理想很丰满,现实很骨感。

空气中飘荡着一股浓重的异味,我闻了闻,整个心碎得七零八落,居然还是带味道的。

"臭死了!"他估计也闻到了,一口浊气呛在嗓子眼儿恨不能连肺都给咳出来,半晌后,他受不了这臭味,黑影一晃,从我头顶飘走了。

他一走，周围的"鬼火"也消失不见，可空中却有个不明物体掉下来，"砰"的一声砸在我脑门上，我抱着脑袋蹲下去，却见是一颗拳头大小的夜明珠静静地躺在脚边。

长这么大，我第一次见到这么漂亮的夜明珠，浑身晶体透明，却又闪着五彩斑斓的光芒，漆黑幽冷的夜都因这颜色而温暖起来。我捡起来放在嘴边咬了咬，然后心满意足地收进了怀里。得到了一颗这么好看的珠子，就算之前受再多委屈也算值了。

身形一转，我化成一只小蜜蜂飞向不远处的大树高处，由于我的绝技，这下面的空气实在无法入睡，只好躲到高一些的地方去呼吸清新空气。

半夜打了一架就是不一样，有了足够的运动量睡眠质量直线上升，我还做了一个很长的美梦，梦到了我的白马王子，他拿着玫瑰花满眼深情地向我告白，然而……

"扶桑云冬！你还不给我出来！"

一阵"鬼吼鬼叫"打断了我的美梦，这声音伴着气壮山河之势，惊得我从树叶上掉了下来，摔在地上现了原形。

顾不上呼痛，我爬起来寻找我的白马王子，映入视线的是一张精美绝伦的脸，我心下一喜，退开一步细细看去，这一看方才的惊喜顿时变成了惊吓——

没有白马，也没有王子，对面的人不是我梦里的帅哥，而是碧霄山的大魔头玖非夜，他玄衣银发站在我身前，一脸凶神恶煞，绝美的紫眸里迸射出杀人的寒光，一副我撬了他家祖坟的模样。

"神君大人，您这么早来找我，是想通了要把我留在您身边吗？"虽然

不喜欢大魔头，可我毕竟有任务在身，始终不忘此行目的是来做卧底的，所以尽管心里面郁结得很，我依然对他绽放出一个灿烂而谄媚的笑脸。

玖非夜的神色相当难看，他探身一把揪住我的衣领："我找遍了整个山头都没找到定魂珠，肯定是你给藏起来了，把定魂珠还给我！"

定魂珠？是什么东西？我绞尽脑汁也没想出什么时候拿了他的东西，遂做委屈可怜状："神君大人，我冤枉啊，定魂珠长什么样我都没见过。"

玖非夜看到我饱含热泪的双眼并不为所动，眉目一沉，气急败坏地呵斥道："你还想狡辩，昨晚我就只来过……"说到这里，他猛然一个急刹车停下来，松开手别扭地看我一眼，冷哼道，"一定在你身上。"

最后一句话底气明显不足。我脑海中嗡鸣一响，听他的意思……莫非定魂珠就是我怀里的那颗夜明珠？莫非昨夜那个"老色鬼"是他？

他他他他——他舔了我的脸！

热泪夺眶而出，我扑上前抓紧他的衣袖，视死如归地喊道："神君，你……你昨夜轻薄了我，你要对我负责！"

玖非夜身子一僵，如遭雷劈地瞪着我，神情由愤怒转为震惊，再到窘迫，最后脸色慢慢红了。

"扶桑云冬，你想死吗？"他咬紧牙关，仿佛受到了奇耻大辱。

对，差点儿忘记我是女扮男装了，在他眼里，我就算再"楚楚可怜"也是个不折不扣的臭男人，顶多算个小白脸。

可就算这样我也不能放弃这大好契机，于是死皮赖脸地，又巴巴地凑了过去："神君，做仙不能这样啊，堕仙就更不能这样啊，始乱终弃是不道德的。"

玖非夜嘴角一抽，我看他手指微屈，仿佛有种要一把捏死我的冲动，但最终他还是克制下来，望着我冷冷地说道："我再说一遍，把定魂珠交出来！"

"想要定魂珠，除非让我跟着你，神君，其实我仰慕你很久了，你就让我留下吧，多个人伺候不好吗？我会的东西可多了！"

厚着面皮说出这番话，我心下不免有些忐忑，可转念一想，得罪太子没有好下场，得罪大魔头也不会有好结果，横竖都是死，那就干脆让暴风雨来得更猛烈一些吧。

我堂堂落霞山少主，这点儿威武不屈的气节还是要有的。

"哦？你要伺候本君？这可是你自己说的！"玖非夜不知想到了什么，脸上忽然露出似笑非笑的神情，广袖一挥，一根金色长绳倏地一下将我紧紧捆了起来。

我低头一看——我的如来佛祖啊！

他是哪里弄来的捆仙索啊！

"神君，这是要做什么？莫非是要学那《红尘》小说里面，对我……"说起《红尘》，我就有一肚子的感言要发，这本书里男女主角的爱情曲折坎坷，真是感人至深。此书一出当即就被三界一抢而空，畅销得不得了。

我曾经还是这位作者的粉丝，不过有一点我挺郁闷的，能写出这么感天动地故事的作者，为什么会取出"极品小呆呆"那样奇怪的艺名啊。

玖非夜朝我凶恶地一瞪："你不是要伺候本君吗？如你所愿！"说着，他拽着捆仙索往前一拖，将我收进袖中，然后化作一道玄光飞入碧霄山。

我以为只要混入碧霄山就算成功了一半，可事实却给了我当头一棒，玖

非夜那个没仙性的大魔头不仅夺走了定魂珠，竟然还把我当成罪犯一样囚禁起来，负责看管我的正是与我有仇的雌雄同体桃花精渺渺。

渺渺也是个没妖性的，每天遵守玖非夜的命令什么脏活重活都给我干，什么扫地挑水劈柴还有刷马桶，统统都是我一个人，最可恶的是还不准我使用法术，把我当成一个犯人全力奴役，短短五天时间，我就从一个"小白脸"变成了"黄脸婆"。

想想就觉得格外心酸！

"发什么呆？赶紧把马桶给我刷干净了，否则一会儿我告诉山主，非罚你跪榴梿不可！"渺渺坐在院子的石凳上，手中握着桃花长鞭，一边嗑瓜子一边监督我，时不时地还威胁加恐吓几句，朝我的方向甩两鞭子。

她当然不敢真的打我，好歹我也是个正儿八经的小仙。碧霄山的妖怪们自从知道我的身份之后就一直对我又恨又怕，看我的眼神都带着一种"看不惯我，又干不掉我"的纠结和惆怅，敢对我这样吆五喝六的也就只剩这株没眼色的小桃精了。

"渺渺啊，我口渴了，给我倒杯水喝吧。"我一手拿着刷子，一手握着马桶，忙得实在腾不出手来。

渺渺吐出瓜子壳，爱搭不理的："怎么仙人也是要喝水的吗？我从来没听说过，仙人不都是自生自灭的吗？"

你才自生自灭，你们整个碧霄山都自生自灭！都是些什么妖哇，种族歧视太严重了！

所以说，没文化真可怕。

"渺渺啊，你可知道，我是怎么对付得罪落霞山的那些妖怪吗？"我抬

起头，朝她射去一道冷光，"我直接扒了他们的皮，抽了他们的筋，敲烂了他们的骨头。"

我尽量让自己眼带杀气，本意是想吓唬吓唬她，谁知有些"杀气"过头了，渺渺小朋友一看我这眼神，吓得哇哇大哭起来："常公子果然说得没错，仙人没有一个好东西呜呜呜，我要去告诉山主，你要杀了我，好可怕，呜呜呜……"

啊？我眼底的杀气有这么重吗？这样扭曲我的意思真的好吗？

"渺渺啊，我没有要杀你，再说了，动不动就告状真的不好，咦？渺渺你别走啊……渺渺……"我话还没说完，渺渺已经号哭着跑远了。

看着她屁股着火般迅速消失的身影，我杵在原地迎风垂泪，到底是谁比较可怕，做妖一定要做这样小肚鸡肠的妖嘛！

渺渺走后不到片刻，就有一个老鼠精过来传唤我了，说是山主有请。我看了看他，忍不住问道："你们山主脸色可还好？"

老鼠精瞅我一眼，尖嘴一撇，催促道："扶桑少主，你别打听了，大刑是免不了的！"

"大刑？"妈呀，这丧尽天良的大魔头，竟然要如此摧残一朵"如花似玉"的仙子，我顿时有种不祥的预感。

认命地刷完最后一个马桶后，我起身跟他离开，临走前，我使了个小仙法，变出两块铁皮护住我的膝盖。

在去的路上，老鼠精还不停地哼哼："得罪谁不好，偏偏要得罪渺渺，她可是我们碧霄山的山花！"

一个雌雄合体的变态，竟然也能成为山花，我不屑地撇了撇嘴。那老鼠

精仿佛看穿了我的腹诽，横我一眼道："你懂什么？渺渺这样双体的妖万年难得一见，可是我们的妖宝，常公子说过仙人的眼光都长在屁股上，果然没错。"

这常公子是谁？找出来我一定打死他，居然如此败坏我们仙界的名声。

走到闲风院的院落时，玖非夜正侧卧在太师椅上研究他的定魂珠，渺渺站在旁边哭得一把鼻涕一把泪，看到我来了又悄悄抬起头，朝我幸灾乐祸地甩了一个鬼脸。

"神君您找我啊，不知是有什么吩咐？"自从来到碧霄山，我的演技已经无人超越，真是把"狗腿子"精神发挥到了一定境界。

玖非夜收起定魂珠，慢条斯理地朝我看过来："扶桑云冬，欺负不了我，你就开始欺负碧霄山的小妖了是吧？渺渺眼睛都哭肿了，可见你的行径有多恶劣！"

他也不多说，修长的手指轻轻一点，一颗洗澡盆那么大的榴梿就出现在眼前，那意思已经不言而喻。

看看，看看！到底是谁恶劣，我给你们做免费的长工也就算了，现在竟然还要对我"施暴"，简直是可忍孰不可忍！忍不了，还是只能咬紧牙关继续忍！

没错，在"大业"没有完成之前，我忍！

"神君，我可不可以不跪啊？"望着榴梿上面尖长的刺，我吞了吞口水。

"可以啊。"玖非夜答得十分爽快，末了邪魅地笑了笑，"你告诉我，为什么死活都要赖在碧霄山，进碧霄山有什么目的？说出来，你就不用跪了。"

"冤枉啊，神君，我就是纯粹仰慕您、崇拜您，您可不要侮辱了我的一颗赤子之心啊！"我一脸苦情，喊得像模像样的。

玖非夜可能被我的演技打动，也不再追问，玄衣轻展慢慢走到我面前，笑得越发邪魅入骨："那就好好跪着吧，我没发话，不准起来！"

我垂眸看着地上硕大的榴梿，暗自庆幸自己的先见之明，幸好事先弄了两块铁皮，否则我这双玉腿岂不是要废了。

见我毫无怨言地跪下，玖非夜才悠悠地走了出去，渺渺也终于破涕为笑："山主没发话，不准起来！"她乐颠颠地重复了一遍，才一蹦一跳地走了。

唉，世道苍凉啊，人没人性，妖没妖性！

约莫过了半刻钟，四下静得出奇，只有微风吹过树叶的声音，我估摸着一时半会儿不会来人，坐在地上三两下把大榴梿给剥壳吃了。

还别说，味道真是美滋滋的。

吃完榴梿我赶紧脚底抹油跑路，我堂堂落霞山少主，膝下是有黄金的，可不能把黄金给跪没了。

趁着没人监督，我准备找个僻静的地方去打探一下情况。碧霄山这个山头还是很大的，跑了好远我才寻到一个相对安静的树林，里面除了树就是草，连一只小妖精都看不到。

松了口气，我从眉心抽出一道寒光射入地底，轻喊着："土地，土地，你快出来！"

地底下没有动静，我不由提高了声音："土地，我乃落霞山扶桑一族的少主，找你有事相询，快出来。"

话音刚落，空中无数花瓣骤然出现，不停地飞舞旋转，最后化成一个人形。我吓得双眼圆瞪，不由自主地张大了嘴，碧霄山的土地这么年轻？出场方式还这么风光？

"别喊了，你喊破了喉咙他也不会出来的。"对面的身影一声大笑，悠然朝我走了过来。

原来不是土地啊，是……是渺渺？我难以置信地搓了搓眼睛，再次看去，对面的人一身木色长衫，眉眼俊俏，笑眯眯地对我招了招手。

此刻他已经不是小姑娘了，变成了雄体的一面——浑身上下都散发着掩不住的青春活力，带着一点儿小帅，还有一点儿年少独有的轻狂。

不过帅归帅，看到他这样变来变去，我还真是不习惯。

"小兔崽子，你跟踪我？"我眉头一皱，想起自己如今寄人篱下的日子，不仅累得像条狗，还时时刻刻被人看管着，就觉得命苦。

渺渺不以为然地望着我："我本来就奉了山主的命令盯着你的，虽然不知道你来找土地到底打着什么坏主意，不过土地老是不会出来的，他早就被山主赶出碧霄山了！"

赶出碧霄山了？玖非夜这个大魔头也太丧心病狂了，竟然连上了年纪的土地都不放过。

我看了看他，既然土地不在了，那就只好舍远求近向眼前这个小桃精下手了。三两步走上去，我像个好哥们儿一样搭上他的肩膀，开始循循善诱："渺渺啊，你最喜欢的东西是什么？"

渺渺一怔，似是没料到我突来的转变，一把推开我警惕地问道："问这个干什么？我没有什么特别喜欢的。"

"没追求！"我朝他的后脑瓜子使劲拍了一下，"若有什么喜欢的东西尽管跟哥哥说，哥哥保证给你弄来。"

渺渺的目光像侦探器一样上下扫量着我："突然对我这么好，你该不是偷吃榴梿中毒了吧？山主常说无事献殷勤，非奸即盗！"

呼，没事不要这么敏感好吗？再说了，要盗也是你们家山主那只大灰狼，不过话说回来，我到碧霄山做卧底确实有件顶重要的任务与那"盗"字有着千丝万缕的关系。

听闻有件上古神器混元镜就藏在这碧霄山中，临行前太子千叮咛万嘱咐，要我一定把神器带回去，小命可以没有，神器不能有所闪失。

想起这，我心里还真是有些心虚。

"渺渺啊，你们山主就是典型的以小人之心度君子之腹，我像是干这种事的人吗？"我认真而严肃地看着他，轻拍他的肩膀，像是长者一样继续诱导，"严重了严重了，我就是有个不明白的地方想问问你而已，我看你们山主整日研究定魂珠，那到底是个什么宝贝？"

渺渺狠狠地翻了个白眼儿，眼珠子都快翻出来了："搞了半天，原来你是想贿赂我！"

嗯，不得不说，这家伙还是蛮机灵的。我悻悻地摸了摸鼻子。

只见他头顶几枝桃花左右乱颤，扬声一阵怪笑，那笑声中带着三分奚落七分嘲讽，嗤之以鼻到了极点："哼哼，你之前把我打得那么惨，我可都记着的！早知道你有求我的一天，何必当初呢？"

好吧，还挺记仇啊。

我掩嘴重重地咳了几声，以掩饰内心的尴尬，还不等我答话，他又仿佛

想到了什么，眼睛咕噜噜一转，突然嘿嘿"奸笑"几声："虽然我不会告诉你，但你可以去问别人啊，喏……"他伸出小短手朝不远处一指，"从这里往前走有一个小湖，湖对面有个小木屋，常休公子就住在那里，他知识渊博，上通天文，下晓地理，绝对能回答你的任何问题，而且他为人非常非常非常的热情，你一定不会失望的。"

为了能使我信服，他还特意加重了后面几句话的语气，只是桃花一样漂亮的眼底透着几分不怀好意的光芒。

可我没时间研究他的用意，因为我好像听到几个了不得的字眼——常休公子？

这个常休莫非就是雌渺渺口中的常公子？就是那个在背后抹黑我们仙界的小王八蛋？

好样的，终于让我逮着你了！

第二章

你这磨人的小妖精

　　我怀着"要让对方彻底拜倒在我男装之下"的一腔热血去了小木屋，小木屋里很安静，院子不大却收拾得很干净，还种了许多奇花异草，屋子里还置放着许多我没见过但很独特的物件，看上去清雅又别致。

　　想不到这家伙人品不咋样，对生活的品味还不错，颇有一股子脱俗雅人的气息，文艺范扑面而来。

　　只是我里里外外逛了个遍，也没看到半个能喘气的活物，干脆坐在院子里小歇起来。石桌上放着一盏精巧透亮的茶壶，壶上悬着一颗光芒四射的灯，忽闪忽闪的。

　　我讶异了一下，顿时来了兴趣："哎呀呀，这不是司命星君的天灯壶吗？怎么跑到这里来了？"

　　天灯壶可是个好东西，是司命老头的心肝宝贝，我还是几百年前去找琉心玩的时候，在星君宫殿里看到过一回，据说喝了用天灯壶煮出来的茶不仅会实话实说，而且还会暂时性削弱法力，是审押犯人必备之物。

　　好你个常休，不仅背后诋毁我们仙家，还偷盗仙家之物，干出这等天怒人怨的事儿，看我今天不扒了你的皮。

　　我一手抓起天灯壶，准备将仙器收进虚鼎之中，才刚拿起来，院门外就传来一阵火急火燎的狮子吼——

"放手，放手！快拿开你的脏手！别碰我的茶壶！"

我抬头望去，一道青影卷着疾风"嗖"地一下就窜进了院子，紧接着二话不说就像恶狼觅食一样朝我扑来，不，确切地说是朝我手上的茶壶扑来。

我岂能让他得逞，身子一旋，就往左旁退开，嘴里念着诀，三道仙法同时向他打出，他反应也贼快，三两下化去我的仙法，指尖凝出一根青丝朝天上一绕，漫天的青色物体突然从空中哗啦啦地垂直朝我砸了下来。

我仰头一看，天啊，差点儿吓死本少主了！

"怎么会有这么多的大白菜啊？哎呀！啊啊啊……喂，你快别过来啊，会死人的！啊啊啊……"

随着"砰砰砰"数声巨响，我彻底被那遮天蔽日般的大白菜们给砸傻了，活生生地埋在大白菜堆里，只露出一颗脑袋在外面。被埋也就算了，常休那个蠢货为了夺天灯壶，连礼义廉耻都不要了，竟然还飞扑过来压在我身上。

我这弱不禁风的小身板儿哪受得住这么重的力量，肠子都快被他给压出来了。

"你这小王八蛋，好大的胆子！还不起来！"我咬牙切齿地怒吼。

常休正与我大眼瞪小眼，听了这话，鼻息里喷出一丝气，愤愤地爬了起来，爬起来后还犹不解气地朝我的屁股踹了一脚。

"我以为是谁，原来是个仙人，你们这些仙人没一个好东西，说，来我这里干什么？谁让你来的？"他作势又要抬起脚。

我被砸得有些晕头转向，还没缓过神来，看到他的动作，连忙手脚并用

地滚远了，在逃离他凶残的"蹄子"之后才慢慢地扶着墙站起。

我扶桑云冬何时这么狼狈过，怎么到了这碧霄山后，就接二连三地被羞辱了一次又一次，出门在外，我就是落霞山的脸啊！如今这脸面实在有些惨不忍睹。

"仙人怎么了？招你惹你了？你这妖精，不检讨自己的不是，倒四处污蔑我们仙家，还用大白菜砸我，可恶至极！"我指着他义愤填膺地呵斥。

暴力！太暴力了！碧霄山的妖莫不是都吃多了人参上火，一个两个的都这么暴力。渺渺还说他待人非常热情，这等凶残的"热情"，本少主承受不来啊！

对于我的指控，常休显得满不在乎，他坐在凳子上，一袭青衣柔滑坠地，头上戴着一项白色帷帽，乌丝如瀑般从帽下延伸散了满背，皮肤白净而滑嫩，五官清秀俊逸，一双深蓝色的眼睛像辽阔的海洋，美而深邃。

他看上去像个美妙的书生，可他望向我的眼神却恹恹的，一副爱搭不理的样子。

"鄙人此生最讨厌的就是神仙，你再不走，休怪我对你不客气！"他下着逐客令，手指在石桌上轻轻一抹，桌上就出现了一坛子酒和一盒月饼，然后无视我的存在，举着月饼斯斯文文地吃起来。

看着他嘴巴一张一合，我的肚子也不争气地咕噜咕噜喊了几声，我走过去气呼呼地坐在他对面，心里策划着怎么才能从他嘴里套出话来。

他却抬头看了我一眼，凶巴巴地道："看什么看！我打发叫花子也不会给你吃！"

我是多有骨气的仙，你求我吃我还不一定会吃呢！

看他那副趾高气扬的样子我就气不打一处来，可是没办法，现在有求于人必须忍耐。唉，这个世界是多么的残酷。

我坐在对面定定地望着他，也不说话。他吃了几口后，可能觉得我的存在影响了他的食欲，于是放下月饼，横眉冷对地望着我："天都快黑了，你还不走？等着我给你供晚饭？"

我仰头扫了一眼天边，日头已经没了，一轮满月静静地悬在空中，果真天要黑了，说不定玖非夜已经大发雷霆地四处寻人了，不过更大的可能是他根本没有想起我，早就将我抛诸脑后了。

我又仰头望了一眼，发现今日的月亮格外的圆，就像琉心那张可爱的小脸儿一样，漂亮极了，脑海中突然有什么东西一闪而过，我觉得这场景有些似曾相识，好像在哪里见到过。

拧着眉头，我开始搜肠刮肚地想，脑中忽然灵光一闪，月饼，满月，赏月……莫非今天是人间的中秋佳节？

一定是的！听说平常时候凡间的月饼卖得并不好，可是一到中秋佳节，月饼销量就噌噌噌地暴增，几乎要卖断货，远的不说，就说那仙界的天蓬元帅，每年为了嫦娥姐姐都要跑到凡间买几大马车的月饼，给嫦娥姐姐献献殷勤，剩下的就一直吃到他吐。

琉心每次谈论天蓬元帅的消息时，总要说天蓬与嫦娥其实并不合适，他们的性格并不在一个频道上，可我却觉得像天蓬这样的痴情种连凡间都少得可怜，仙界能有一枚是多么稀罕。

唉，爱情真是个叫人惆怅的东西啊！

这个暴力常休身为一个妖怪，也买了这么多月饼，难不成也对嫦娥姐姐心存不轨？

我看他的眼色顿时变了，神色甚是同情："你去凡间买了这么多的月饼对酒赏月，莫非你也喜欢嫦娥？"我停了一下，笑嘻嘻地凑过去，"我们俩做个交易怎么样，你解我几个疑惑，我可以帮你给嫦娥姐姐送情书。"

每天对着月亮睹物思佳人实在太凄惨了，这个主意正好解了他的燃眉之急，常休一定会感动得五体投地，我在心里为自己点了三十二个赞：我真是一个善解人意的仙子啊！

我充满期待地看着他，岂料常休白我一眼，对此提议十分不屑一顾："嫦娥几百年前就发福了，死胖子一个，也就瞎眼的那头猪才看得上。"

呃……嫦娥发福了？几百年不出落霞山，世界已经变化得这么快了？不对呀，他一个连天界都没去过的小妖，怎么会知道这些事？

我干巴巴地笑了两声，将曾经在书中看到过的句子搬出来总结："这你就不懂了吧，喜欢一个人就要把她养胖，这样她就是你一个人的了。天蓬元帅这招虽然损了点儿，但不得不说，干得漂亮啊！"

常休一愣，若有所思地朝我看过来："这话你从哪里抄的？"

"《红尘》里面啊，你不会没看过吧？三界这么有名的书你都没看过？"我像看文盲一样地看着他，"这本书特别好看，我强烈推荐你看。改天我给你买一本过来。"

常休用怪异的目光瞟了我一眼，接着嘴角一扬，脸上露出几分愉悦之

色，笑着道："看在你喜欢这本书的分上，我允许你今天晚上和我一起赏月。"话音一落，他还好心地给了我几个月饼，又倒了一杯酒送到我面前。

我受宠若惊，对他的态度丈二和尚摸不着头脑，不过这对我来说是个好进展，如果在碧霄山里多了一个盟友，那以后找混元镜岂不是更加得心应手了，况且渺渺还说他上通天文，下晓地理，看他连嫦娥发福都知道，想必这名头也不是吹出来的，于我简直如虎添翼。

"好啊好啊，听你这口气，你也喜欢这本书？"我决定采用迂回战术，先和他成为朋友，再向他旁敲侧击下手。

"当然。"常休慢条斯理地抿了一口酒，一脸骄傲之色，"我不仅喜欢书，还喜欢这本书的作者。"

"极品小呆呆吗？哈哈，我小时候也喜欢过，不过长大了觉得作者的这个名字很奇特，估计作者本人十分滑稽！"我哈哈大笑，心情愉快地捧着酒抿了一小口。

常休的脸像六月的天一样，"吧嗒"就垮了下来，半晌，冷冷一笑道："我就是那个滑稽的作者！"

噗——

我嘴里还没来得及咽下的酒水直线朝对面射去，全喷在常休脸上。什么？我没听错吧，他就是那个作者？极品小呆呆就是常休？妈呀，不带这么玩儿的！

常休的面色黑得像煤炭，我连忙干笑着拿衣袖给他擦脸："呵呵，其实滑稽是褒义词，我就是喜欢滑稽的人，以后还准备娶个滑稽的媳妇儿呢。"

才怪，我可是要嫁个才貌双全的公子哥的。

他恨恨地瞪着我，倒是没有再发难，默默端起酒杯连喝了几杯，好一会儿之后，只听他慢慢地说道："这个艺名是别人取的。"说完，他给我的杯中也斟了满满一杯。

他望着头顶的圆盘，目光深邃而怅然，仿佛满腹心事。看到他这副凄苦的样子，我一时也没好对他刨根问底，只好陪着他默默赏月，听他说一些零零碎碎的杂事和他要写的新书。

这期间我清清楚楚地记得，他吃了十个月饼，喝了三杯小酒，第三杯小酒下肚之后他的神情就开始变了，说话开始大舌头，目光也瞬间变得猩红，我还没反应过来，就见他"轰"地一巴掌打碎了面前的大理石桌子。

哇，这呆子喝醉了真可怕！几杯小酒就倒了，酒量是不是也太怂包了？

"冷静，冷静啊小呆呆……"我话还没喊完，又见他手掌一甩，一道亮光划破了黑暗，被他远远地抛向了空中。

"臭呆子，这是天灯壶啊！"我定睛一看，瞬间吓得一震，赶忙飞身到半空接住天灯壶，惊魂未定地收在虚鼎之中。这可是司命老头的宝贝啊，要是让他知道宝贝被人这样糟蹋，一定会把这呆子活活弄死一百次！

我抱着天灯壶心有余悸，可谁知还没等我落地，巨大的虚光罩顶而下，紧跟着一个青色的结界蓦地将我包裹起来。

"哈哈哈……哈哈哈……怪物啊，你这个丑八怪，看我不打死你！"常休的身影飘到半空，双眼猩红如滴血，在暗沉的夜色里显得十分诡异，他一只手牵着结界，神色几近癫狂。

看他的表情我内心顿时升起一股不祥的预感，这时，院门外一道木色身影鬼鬼祟祟地蹿了出来，指着半空中的我哈哈大笑，隔着这么远，我都能看到他露出来的牙床。

那打眼的桃花枝……是渺渺！他到底是什么时候来的，躲在暗处一直看我的笑话，这个没良心的！

"哈哈哈……好丑啊，笑死我了！"

天杀的，最恨别人说我丑！这样如花似玉的我，到底哪里和"丑"字沾边了！渺渺这个小王八蛋，等会儿姐姐再来收拾你。

我迅速掏出一面镜子对自己照了照，这一照，我的三魂七窍差点儿灰飞烟灭。镜子里面的人五官模糊，眼圈发黑，一脸络腮胡，头发像稻草一样往外炸开。

——天啊！这真的是我吗？

"常休你个臭呆子！浑蛋呆子！快放开我，把我变回来！"我使尽浑身法力也挣不开常休的结界，不由气得破口大骂。

常休却像是没听到一般，动作越发的大，笑声十分张狂。我没想到常休的修为如此之深，可以结出这么法力高强的结界，更没想到醉酒的他人品这么差，居然是个超级暴力狂，不仅不认识我，连他最喜欢的天灯壶也不认识了，这下我是真的完了。

我困在他的结界里面，被他像耍杂技一样地左右甩动，晃得我连隔夜饭都快吐出来了！

"渺渺，你个兔崽子还不快来帮我？"

渺渺幸灾乐祸地向我摇头："我连你都打不过，怎么打得过他，你就忍一忍，等他酒醒了就会放了你的。"

等他酒醒？他醒过来我还有命在吗？臭渺渺，这么见死不救以后一定会遭雷劈！

结界的光芒越来越盛，几乎照亮了半个天空，就在我快要晕厥之际，一道紫芒如闪电一般从半空划过，瞬间就穿透了结界。

昏昏沉沉之中我凝神看去，只见玖非夜一身紫衣临空而立，隽秀绝美的面上隐隐含着一抹莫名的怒意，随着我慢慢坠落，他身形一闪，立刻飞过来接住我。

"大魔……神君，你是来救我的吗？"在这羞愤到濒临绝望的时候，看到玖非夜就仿佛看到了亲人，我满面泪痕地抱住他的脖子，一边擦着眼泪鼻涕一边嚷嚷着："神君，我好丑，他把我变成了丑八怪，我不想活了呜呜呜……"

兴许我惨绝人寰的哭相吓到他了，玖非夜低头一看，立刻嫌弃地别开眼，他也不将我变回来，只轻淡地答道："没关系，有我。"

我的眼泪流得越发凶了，自认识他以来，从没有哪一刻他在我心目中的形象如此伟岸，简直比天界战神二郎神君还要帅气一万倍！

"玖非夜，又是你！"醉得不成样子的常休连天灯壶都不认得了，居然还能认出玖非夜，这大大出乎我的意料。

"呆子，你好大的胆子，敢动我的人！"玖非夜怒目而视。

这话说的，我几时成你的人了？脸皮厚！意识模糊中我忍不住腹诽，又

不由得扬起嘴角笑了起来，我发现有时候，玖非夜还挺护短的。

常休脸色通红，此刻站在院子中央也不发癫了，看着玖非夜恨不能在他脸上剜出几个洞来："你这个无耻的堕仙，不仅抢了我的定魂珠，现在又来抢人，我今天就杀了你，一雪前耻！"

我本来要晕过去的意识听到这句话，瞬间就清醒过来，吃惊地看着两人，原来定魂珠是常休的东西，原来他们两人之间还有这么重的深仇怨怒。

玖非夜也确实忒无耻了，怎么什么都抢！在我心中刚刚才树立的伟岸形象顿时大打折扣。

院中光芒大盛，常休浑身妖气大涨，怒火冲天地就朝玖非夜击了过来。

玖非夜果然不愧是大魔头，面不改色地冷笑一声，庞大的仙气与妖气轰然飞出，"唰"地一下就破了常休的妖法，抱着我化作星芒掠入空中。

再次醒来时，已是第二天的清晨，我一睁眼就看到玖非夜坐在房间的长榻上闭目修行，他仅着白色的里衣，一头银丝披肩而下，长长的睫羽下漂亮的双眼微微阖着，肌肤在荧光之中越发白皙剔透，整个人安静而美绝，这样的他与以往霸道的形象大不相同，显得越发勾人心魄。

我愣愣地看着，不觉有些出神。仿佛是感应到我的注视，他微阖的双眸缓缓睁开，偏头朝我望了过来："你醒了，有没有哪里不舒服？"

我觉得我可能因为看到他美艳的脸产生了错觉，他竟然会关心我？

木然地摇了摇头，我努力回想昨天发生的点点滴滴，然后……我往身上一看，心下猛地大惊，立刻像炸了毛的猫叫了起来："玖非夜！你个臭流

泯——你脱我的衣服？"

此刻的我坐在床上，身上同他一样只穿了白色的里衣，外衫已不见踪影，而且……我环视了一遍房里富丽堂皇的陈设，三米宽的华丽大床，这种金贵的调调，只有玖非夜这个大魔头才敢不怕折寿住这么奢华的房间。

晴天霹雳啊！

我为什么会在他的房间醒过来，而且还被脱了衣服，我的女儿身被暴露了吗？我的贞操呜呜呜……

我一时心乱如麻，怒不可遏又委屈万分地控诉道："玖非夜，就算你救了我也不应该乘人之危，你下流！"

"你想死吗？我能亲自动手给你脱衣服是你此生天大的荣幸，你竟然还敢有意见？"玖非夜嚣张地说着，随后挥开房门，收起气息，优雅地站了起来。

候在门外的两个小蛇妖连忙端水进来给他洗漱宽衣，我坐在床上欲哭无泪，大魔头果然霸道凶残，脸皮厚得无边无际了。

我伸手摸了摸胸部，幸好裹胸还在，应该还没有被他发现，悬着的心终于慢慢松懈下来，我刚想起身离开，却见玖非夜眉头一皱，瞪着我竟然比我还凶："扶桑云冬，从今天开始，你就与本君睡一张床铺了！"

"什——什么？"我连忙双手护胸，抱着被子往床角缩去，刚才的气焰瞬间就怂包了，弱弱地道，"神君，我是男的。"

玖非夜飞快地扫了我一眼，淡淡道："没关系，我也是男的。"

……

玖非夜是个极爱干净的人，他的房间里可谓是一尘不染，能进他房间的人就只有每日伺候他洗睡的两个女蛇妖，如今他竟要我和他睡一张床，为什么为什么，到底为什么？

"除了我，碧霄山还有谁能管得住你？若再放任下去，只怕不日碧霄山都要被你拆了。"玖非夜的语气轻淡，可紫色的眸底却有不容反驳的霸气，"扶桑云冬，以后不准再去找那个呆子，若有下一次，我一定将你大卸八块！"

又威胁我，这个浑蛋！我若不去，何年何月才能查到混元镜的下落，早一日找到就可以早一日离开大魔头。

我在心底吐血咆哮，又将他祖宗十八代通通问候了一遍，末了才勉强哼唧一声，以示在强权下的暂时妥协。

后来的日子，过得相当鸡飞狗跳，玖非夜说到做到，竟真的要我与他同进同出，同吃同睡，也因为如此，每天晚上睡前我都要与他打一架，毫无例外的，每一次的收场方式都是他拿着捆仙索将我绑在床上。

唯一庆幸的是，玖非夜没有与人一起洗澡的习惯，不然本少主真是危矣，久而久之，我竟然渐渐习惯了这种相处，真是受虐狂啊。不过我与大魔头同床共枕的事情要是传到我娘亲耳朵里，不是我被扒一层皮，就是玖非夜要被扒一层皮了，要是传到妖王耳朵里，那我就基本玩完了，我娘亲就只能给我收尸了。

想到这可怕的后果，我就浑身一激灵，迅速掰着手指头数日子，这一数还真把我吓了一跳，不知不觉间来碧霄山竟已有一月有余了，我却一点儿进

展也没有，不说远的妖王那里，只怕天宫太子都已经开始琢磨怎么弄死我了。

不行不行，我得想个主意。我回头望去，目光落在玖非夜身上，他正躺在花团锦簇的院中晒太阳，脸上盖着一本仙册秘籍，那本书专讲仙界法器之事，估计是与定魂珠有关。

"再用这种无耻的眼神偷偷看我，我就挖了你的眼珠子。"玖非夜清润好听的声音从书下悠悠传来。

我嘴角一抽，闭着眼睛居然还知道我在偷看，他真心比二郎神君的三只眼还厉害！

"山主，山主，阎王捎信来了！"

我正默默鄙视玖非夜，桃花精雄渺渺就从前方以八百里加急的速度冲过来，举着一支鸡毛"唰"地一下就从我身边跑了进去。

玖非夜放下秘籍，动作略显慵懒地站起来，看着渺渺手中的鸡毛冷冷斥道："居然找了一个多月才找到，真是一群废物。"

大魔头真是刻薄，给他办好了事还要挨骂，要是阎王在这里非气得脑出血不可，不过阎王到底给他找什么东西，我十分好奇。

怀着这份好奇，我也跟了进去。渺渺一见我便露出吃人的眼神，在碧霄山这些日子，他就没给过我好脸色，之前是因为结了梁子，后来是因他将我骗去常休那里差点儿出事，回去后玖非夜狠狠地教训了他一顿，渺渺从此就越发讨厌我了。

渺渺剜了我一眼，松开手让鸡毛飘浮在空中开始飞速地旋转，然后羽毛

脱落化成无数的小雪花，随着流光一现，慢慢衍生成流光溢彩的小字排在空中。

这就是传说中的鸡毛令箭？真稀罕！

我凑过去定睛一看，上面写着——京城林府，有女白玉，情丝深锁，三生不褪。

哎呀，有情况啊！这话的意思是说有个叫白玉的女子对玖非夜有三世的感情？还是说玖非夜对她有三世感情？玖非夜这样邪恶无情的大魔头也会喜欢上一个人？哇啊啊啊——这个消息好劲爆！

要是八卦小仙琉心在这里，一定会激动得跳起来。改明儿见到了琉心，一定要把这消息告诉她，我暗暗地想。

等等……如果我没记错，京城应该是在凡间吧，玖非夜喜欢的女子竟然是个凡人？

天啊，我到底知道了什么了不得的事情，会不会被灭口？

我惴惴不安地瞟向对面，却见玖非夜眉峰一皱，又微微舒展，常年不笑的眸底竟也泛起了星星点点的笑意，他伸手抚摸了下飘浮在空中的雪花小字，那些字便如太阳乍露，慢慢融化消散了。

他没理会我们疑惑的眼神，抬步便往院外走，雄渺渺一怔，摇身一变成了雌渺渺，顶着灿烂的桃花枝小跑着追了上去："山主，您是不是要去人间，带我一起去吧？"

她大大的眼睛水汪汪的，就那么巴巴地望着他，玖非夜可能从来都不理解什么叫怜香惜玉吧，他的面上没有半丝动容，连拒绝的话都寡淡得让人心

碎："不可能。"

说完，他又看向我，紫眸中似有什么情绪一闪而过，唤道："扶桑云冬。"

听到呼唤，我眼珠一转，立刻屁颠屁颠地跑过去，捶着他的肩谄媚地笑道："神君大人，您什么都不用说了，我愿意为您鞍前马后，赴汤蹈火，区区凡间而已，我陪你一起去。"

玖非夜一愣，大约是没想到我这么厚脸皮，他倒也没反对，只是看我的眼神讳莫如深，半晌后，轻声嗤笑道："落霞山的少主，想必还没有去过凡间吧？也罢，就带你去见识一番。"

"我久居落霞山，的确从未下过仙界，神君英明！"我做出佩服的模样，自动忽视掉渺渺射过来的怨愤眼刀。

"山主，您不能带他去，他留在碧霄山本来就是有企图的。您要带他去他肯定会坏事的，他一直对您图谋不轨，您还是带我去吧，山主……"最后一句，渺渺喊得那叫一个凄婉感人。

然而并没有用，玖非夜已经身影一化，飞上了云层之中，居高临下地看着我。我扫一眼渺渺铁青的小脸蛋，袖子一挥也上了云头。对不起了渺渺同学，我知道你喜欢你们家时而面瘫时而邪恶的大魔头，可此次去凡间是我发现他秘密的大好机会，为了我的小命，只好舍弃你的爱情了。

俯视着下面，我安抚道："渺渺，你喜欢什么？哥哥给你买。"

"扶桑云冬，你这个大坏蛋，我要挖了你的心！"渺渺哭成了一个小泪人儿，梨花带雨的模样真真叫人心疼。

我还想说些什么安慰她，玖非夜那个没仙性的一手抓起我的衣领，像甩垃圾一样把我朝前方高高抛了出去："走吧——你——"

我在空中迎风摇摆，很远之后还能听到渺渺撕心裂肺的哭声。

人间果然是个好地方，好山好水好姑娘，虽然不及仙界的滂沱壮观，却格外钟灵毓秀，站在云上一路观摩过来，我还发现了自己八百多年来从未有过的另一面——一只欢脱到忘形的脱缰的野马！

我有些惶恐，这还是落霞山的俊美少主吗？要是让仙子们看到我这副样子，我的半世英明岂非折煞在了这里。我努力让自己镇定下来，可是怎么办？人间这么新鲜好玩，心情太好根本停不下来啊！

玖非夜看白痴一样地看着我，眼底清清楚楚地写着三个大字——乡巴佬！

我不理他，继续在京城繁华喧闹的大街上蹦跶，左边摸摸，右边瞧瞧，每到一个摊位或者热闹的地方都要好奇地去看几眼，忘乎所以地在人群中穿梭，偶尔也回头看他。

他优雅从容地走在路中央，即便化装成了平凡的模样，也依然是大街上最抢眼、最俊美的一个，男女老少的目光毫无疑问地纷纷都集中在他身上，他却像没看到一般，旁若无人地朝林府的方向走去。

"扶桑云冬，等会儿到了林府，你不准动不准说话，要是坏了事，看我怎么收拾你。"玖非夜没好气地瞥我一眼，出言威胁道。

他的眼睛虽然变成了黑色，可眸底依然有与生俱来的冷肃，而且他身上

有种浑然天成的霸气和尊贵，若说这世间还有一个人能与他相媲美，那也就只有天宫太子帝涟月了。

这样美艳贵气的男人竟然是个三界共愤的大魔头，实在是太暴殄天物了，有时候想想我也觉得甚是可惜，真是浪费了这副好皮囊啊！

"神君，我问你个事啊？"疑惑在肚子里翻覆了半天，我实在没忍住："当年您身为天界最令人仰慕的神君，修为已臻化境，在三界威名远扬，为什么后来会一夜堕仙啊？"

话音刚落，玖非夜一个眼刀子射了过来，他盯着我打量了一会儿，阴恻恻地笑了："扶桑云冬，你一定是嫌弃自己的舌头长得太结实了吧，要不然我帮你割下来？"

他还嫌我多话了，敢做不敢当，还是不是男人！

心里腹诽，嘴上却笑得春光灿烂，我摇首道："神君，我这不是关心您嘛。"

"扶桑云冬，要是让我知道你是帝涟月派来的，我一定让你生不如死。"玖非夜恶狠狠地甩我一眼，朝前大步流星地走去了，留下我一人怔在原地。

一瞬间，我有种被雷劈中的感觉！

太子啊，我为了您可是将脑袋都拿下来挂在裤腰上了啊！如今在三界哪里还有我这样鞠躬尽瘁、死而后已的好仙子了，您可一定要厚待我啊！赏赐一定要重重的，泰山压顶式的，千万不要手下留情的那种！

对了，我该要份什么赏赐呢？

我站在原地甚是纠结，已经走远的玖非夜大约走着走着不见了人，忽然回过来一声怒吼："扶桑云冬，你聋了吗？还不跟上来！"

耳朵里一阵嗡嗡作响，我拿手掏了掏，灰溜溜地追了上去。

林老爷是京城颇有名望的官员，府邸很容易找到，我们俩挑了个偏僻的拐角隐身进入林府。

马上就要见到心上人了，不知道玖非夜现在是什么心情，好想采访他一下。我乐呵呵地转过头，想看看他脸上到底什么表情，却见他一脸凝重的样子。

我用手肘撞了撞他的胳膊："神君，你是不是特别紧张？别怕，有我在呢，我知道怎么对付女人。"

玖非夜鼻息里溢出一声轻嗤，突然伸出两指夹起我的下巴，左右观察了片刻："没听说扶桑一族的少主喜好女色啊？长得这样吓人，也有女人会喜欢吗？"

"本少主这样沉鱼落雁、闭月羞花，哪里吓人了！"我们扶桑一族的容貌基因可是天界最优秀的，说起容貌，我就想起了自己悲惨的童年。

当年妖王就是看中了我娘亲的美貌想要逼婚，结果我母亲却嫁给了我父亲，目光短浅的妖王到底心有不甘，做不成娘亲的丈夫，就要做她的亲家，竟然放言要他儿子娶我。

——若干年后，放学路上，叫你女儿小心点儿！

全三界的人都知道妖王放的这句狠话，可怜我那时候还在娘胎呢，是男是女都还未确定。可能被妖王那深重的怨恨诅咒了，我生下来竟真是个女

娃，为了避免被妖王骚扰，打一出娘胎我就开始了女扮男装之路，是以此生我最怕的除了鬼，就是妖王的儿子凤幽。

这次来碧霄山执行任务，也是偷偷来的，若是不小心让妖王听得风声，非把我抓去妖界验明正身不可，想想就觉得可怕！

唉，颜值太高也不是一件好事啊！命运多舛啊！

"自恋是病，得治。"玖非夜丢下一句，长腿一迈，往林大小姐的院子走去。

他前脚刚踏进去，空中一个竹扫把就朝我们的方向劈头盖脸地砸下来，虽然根本碰不到隐了身体的我们，但玖非夜仍然嫌弃地往旁边挪开。

"赵青山，你个浑蛋，以后你再敢进我的闺房，我就砍死你！"一阵河东狮吼从房里传出来，紧跟着，一个黑衣男子急匆匆往外飞奔，他身后还有一位穿绿罗裙的女子凶神恶煞地追赶着。

那女子眉清目秀，五官端正，可她手中却拿着超大的菜刀，言行举止甚是泼辣，在偌大的院子里围着男子不停地追打。

"林白玉，你疯了，我是你夫君，你想谋杀亲夫吗？"被称为赵青山的男子一边躲一边哀号。

林白玉？她就是林白玉？玖非夜的心上人？

也对，敢在林府中这样撒野的，除了林白玉大小姐还能有谁。林老爷此生子嗣单薄，临到老也只有林白玉这么一个独女，宝贝得跟命根子似的，什么都给她弄最好的，举着菜刀砍人什么的，看在林老爷眼里，估计还是一件夫妻增进感情的好事吧，毕竟打是亲骂是爱嘛。

只不过，这林白玉与我心目中所想象的差得未免也太远了吧？大魔头竟然喜欢这种彪悍型的……真是重口味啊！

"神君，这……这就是你喜欢的姑娘啊？"我生生打了一个哆嗦。碧霄山要是多了这么个母夜叉，怕是山都会给她炸平了吧。

玖非夜白我一眼："你不说话会死吗？"

会死！我暗自反驳，忍了忍，还是把一肚子的话吞了回去。毕竟他等了那么多年，结果发现心上人跟别人成了亲，难免怒火难平。

院中的两人还在追赶，玖非夜从怀中掏出了定魂珠，视线在两人身上来回扫着，抿紧唇一个字也不说，想必那颗鲜红的心已经碎成玻璃渣了吧。

我拍了拍他的肩，深表同情："神君，天涯何处无芳草，回头我给你介绍一个……"

我的话还没有说完，玖非夜大手一挥，漫天的雪雾忽地升起，将整个院子冻住，时间霎时停止，静得没有一丝声音。

林白玉的手还保持着砍人的姿态，玖非夜走到她面前站定，拿着定魂珠五指微握，定魂珠发出彩色星芒，照进林白玉的心脏，没多久，她的心脏处就有一根又一根密密麻麻的透明银丝慢慢被吸进了定魂珠里面。

玖非夜这是在抽林白玉的情丝……我看得目瞪口呆！

随着情丝的不断剥离，空气中也迅速蔓延出纯洁干净的气息，说明情丝的主人是个心地善良的人，透过这些气息，我看到情丝主人的一些记忆碎片。

画面中是一位美丽大方的女子，她穿着长裙在花海中奔跑，笑声似风吹

银铃……后来她靠在一名身影修长的男子怀里，默默流泪，那男子身影太模糊，我看不清他是谁……再后来她跪在诛仙台，被天火活活焚祭……

奇怪，这女子并不是林白玉，莫非林白玉体内的是别人的情丝？情丝主人到底是什么人？为什么会被处以天庭最残酷的天罚？

我还想再看，画面却突然中断。玖非夜收了定魂珠，指尖往林白玉眉心一点，林白玉便晕了过去，院子中的雪雾逐渐消失，一切又鲜活了起来。先前还被打得抱头鼠窜的赵青山见妻子昏倒在地上，焦急地一边抱人一边叫人找大夫。

我气呼呼地看着玖非夜："神君，你怎么能如此不择手段，就算你再喜欢她，她现在也是有家室的人了，你抽了她体内的情丝也没有用，你这叫强取豪夺！"

"疯了吗？谁说我喜欢她？"玖非夜咬着牙作势要打我，一双眸中满含杀气。

我快速抱住头："别打脸，打残了你要负责的。"可等了半天，没等到拳头落下来，仰头看去，玖非夜似笑非笑地挑着眉，他斜我一眼，难得地解释起来："她身体里有不属于她的情丝，她本是温婉的女子，是情丝扰乱了她的神智和心性，我不过是帮她恢复本性而已。"

"你有这么好心？"我颇有些怀疑，他会专门跑到凡间只为了帮一个女子恢复心性？别开玩笑了，怎么可能，打死我都不信。

"扶桑云冬，我怎么发现你越来越欠揍了？"玖非夜一把揪住我的衣领，拖着我飞上云头。我一看这情势不对啊，就要回去了？我还没玩够呢。

"神君，我们留下来看看后续吧，万一林白玉被你点死了没醒过来呢？"

"你死了她都不会死。"玖非夜腾云驾雾准备开拔。

我当然不会比她先死，我可是神仙啊！我撇撇嘴不以为然，掰开他抓住我的手，凑到他面前哄道："神君，不留下也可以，要不然神君说说这情丝主人的事吧？你看这回程路漫漫，我们聊聊天有益增进感情。"

玖非夜一掌推开我，表情颇为不屑："谁要跟你增进感情，别自作多情！"

我脸一黑，又点头如捣蒜："对对对，是我自作多情，神君你就告诉我情丝的主人是谁吗？是不是就是神君喜欢的姑娘？说了又不会掉一块肉，我以人品保证绝对不会泄密的！"

听了这话，玖非夜用一种"你有人品吗"这种伤人的眼神看着我，然后大手一挥，倏地一道金光闪过，我突然就不能动弹了。

我低头一看，身上已经多了一道捆仙索，将我五花大绑地捆了起来，玖非夜这浑蛋下手依然如此残忍无情。

我顿时气噎，为什么又要用捆仙索！为什么为什么！

"玖非夜，你快放开我，你知不知道捆仙索会伤我修为？"我都被他捆了无数回了，本来修为就浅得很，再伤几次，那我岂不是被打回原形了。

玖非夜站在云头，银发飘飘，回头朝我浅浅一笑："伤你修为怎么了？有本事你也来伤我修为啊。"

挑衅！赤裸裸的挑衅啊！

　　我要有伤他的本事，早就大刑伺候逼供出混元镜的下落了，还用得着采取这么百转千回丧权辱国的方式吗？

　　我内心血溅三尺，被他气得说不出话来，只能拿眼睛用力剜着他。来时我是被他冷漠无情地丢过来的，回去又是被他无情冷漠地捆回去的。

　　我的个菩提老祖啊，还能不能愉快地做卧底了！

第三章

只想做个安静的美男子

　　回到碧霄山后，玖非夜连续消失了五天，不知道去干什么坏事了。趁他不在，我刚好去找常休打探消息，上次被醉酒的他整得那么惨，怎么也要出卖点儿消息让我把本捞回来。

　　我推开大门，朝里面径直走去，才刚走几步就看到内院里坐着两个年轻的男女，男的铁定是常休无疑，可那女子……绯衣罗裙，一身仙气毫不掩饰。

　　常休不是最讨厌神仙吗？怎么又让仙子进他的院子？还有这仙子的背影……怎么越看越熟悉？

　　我正疑惑，那两人也转过头来，看到我很明显吃了一惊。

　　"琉心？"看清那仙子娇俏的脸，我嘴巴张得能塞下一个鸡蛋，"你怎么在这里？"

　　琉心是个爱好搜集八卦的小仙，也是司命星君的徒弟，与我是关系极好的闺密，但她并不知道我是女儿身。自从我五百岁生日那天被星君看上后，就非要把徒弟嫁给我，几百年来，每见我一次就要念叨我一次，是以每每看到琉心，我都有些小心虚。

　　唉，都是颜值惹的祸啊！

　　"云冬？"琉心见到我也是大吃一惊，她尖叫一声，跳脚就朝我扑过

来，可常休比她更快，上前一把就将我推出院门，指了指门边的字怒火冲天道："看清楚，此院子唯神仙与狗不得入内！"

顺着他手指的方向一看，果真上面竖着一块牌子，上面写着"神仙与狗不得入内"。

到底是怎样的仇恨才能立出这样的门牌啊！我哭笑不得，撑着门试图与他讲理："常休，你这是严重的种族歧视！"

常休不屑与我狡辩，"砰"的一声把院门给甩上了，速度之快差点儿磕到我的鼻子。琉心在里面大声嚷嚷："你，你干吗不让云冬进来？"

"你闭嘴，再啰唆连你一起赶出去！"常休气急败坏地吼着。

我一听声音不对啊，琉心不也是神仙吗？八卦仙子也是仙啊！好歹她也是司命星君的心肝徒弟啊，纯纯的仙子一个啊！

"呆子，你不能这么对我，上次你把我打得那么惨，我还没找你算账呢！"我把门拍得震天响，本来就不结实的院门摇摇晃晃，看上去岌岌可危。

常休冷哼一声，哀怨而愤怒地恨声道："你与玖非夜那个无耻之徒是一伙的，留你一条小命算是仁至义尽了，休要再来胡闹，否则定要你好看！"

原来他是计较这个，我虽然表面上是与玖非夜一伙的，可事实上并不是啊，真是比窦娥还冤啊。

"呆子你误会我了，我跟他不是一伙的，琉心你个臭丫头还不帮我开门。"我继续对着院门拳打脚踢。

不知道是不是我下手太重了，只听"轰"的一声，我眼前的木头垂直向

里倒了下去，扬起漫天的灰尘，在我的摧残下，它的命运宣告终结。

"你你你——"常休瞠目结舌，看着倒塌的门，气得说不出话来。

"呃……我没想到它这么不经敲。"我略感尴尬。

常休指着手，嘴巴张张合合了半天，依然没吐出一个字。琉心可能害怕他一口气上不来，连忙过去抚摸他的背脊，给他顺气儿："师兄啊，你别生气，云冬不是故意的，不就是一个门嘛，改天我给你送一大堆门来，金子做成的门，怎么样？"

对对对，琉心说的对，我不是故意的，真是我的好姐妹儿，我感动得热泪盈眶……等等，不太对啊，琉心刚才叫什么？

师——兄？

常休是她的师兄？常休不是妖吗？怎么会成为她的师兄呢，没听说司命老头儿收过一只妖怪做徒弟啊！

我杵在原地震惊得不知如何是好，这个消息真是让人太难以消化了。我想起了天灯壶，之前常休发癫时要把它摔碎，情急之下我收到了虚鼎中，准备回头还给司命老头儿的，现在看来应该是司命老头儿送给他的吧，不然他哪有那个本事从司命老头手里抢东西。

常休幽怨的双眼慢慢朝我看过来，他颤抖着手，抚着胸口一副心痛如绞的样子："你知道这门陪我走过了多少岁月吗？一千年啊，它比你还老啊，你怎么忍心……"说到这里，他仿佛痛得更厉害了，连清秀的脸都扭曲了，哆嗦着冲我道，"你走，你走你走你走！"

我垂头看了看残破的门，一千年……有那么老吗？

不过看他那副痛到快断气的模样，我决定还是改天再来，万一被我气得翘辫子了，我去哪里给司命老头儿再赔个徒弟出来？

双手结印，我从虚鼎中拿出天灯壶放在桌上，有了这个宝贝，他多少有些宽慰吧。

琉心看了看天灯壶，又看了看我，再瞅了瞅常休，一脸状况外的表情。

"节哀啊。"我安抚地拍了拍他，趁他张口之前，撒丫子就跑出了院子，临跑前，我还拽走了琉心。

从琉心的口中我才得知，原来常休悟性奇高，曾被司命星君收为座下弟子，是琉心的师兄，只是常休素爱自由，又不喜欢仙界的一些规矩，因为一场误会就又回到了碧霄山，自由自在地做他的妖，写他的文章，也是这时我才知道，原来那个没品位没格调的笔名是琉心取的。

取出这样的名字，除了琉心也没谁堪当大任了。

日子平平静静地又过了几天，玖非夜仍然不见踪影，明明不用再伺候他了，应该过得很舒坦才对，可不知为什么，最近我一直有种强烈的不安，好像有什么大事即将发生。

我躺在院子里晒太阳，却翻来覆去地怎么也睡不着，脑子里想的全是玖非夜那个大魔头，奇了怪了，没人使唤我居然还不习惯了。

奴性啊！

"玖非夜到底死哪里去了，怎么还不回来？"我嘟囔一句，翻个身背朝太阳，准备晒晒屁股。

身子才刚翻过去，突然传来一声巨响，我身下的太师躺椅"啪"的一声塌了，木屑四分五裂地飞散出去，摔得我五脏六腑都隐隐发疼，一口白牙也差点儿给磕碎了。

"搞什么啊，地震了吗？"我躺在地上半天都没爬起来。

"不是地震，是比地震还要厉害的家伙来了。"桃花精雌渺渺不知何时从外面冲进来，抓住我的衣襟，一把将我提起，对着我大声咆哮道，"扶桑云冬，我就知道你是个扫把星，你跑来碧霄山肯定没安好心，这下可好，竟然把妖王的人都给招来了！"

什么？妖王的人找到这里来了？天啊天啊，我的噩梦……

我心下大惊，仰头朝前方一看，不远处烟雾四起，双方已经打起来了。顾不上渺渺还在说些什么，我化成一道灵光，迅速飞入远方。

赶到战场时，碧霄山的小妖们已经伤了一大片，头顶一层黑云笼罩，妖王的人站在黑云上嚣张地朝下面喝道："识相的赶紧把扶桑云冬给交出来，否则今日就铲平了你们碧霄山！"

说话的人我认识，是妖王最得力的护法冥月，以往三天两头地就跑到我们落霞山去骚扰，直到我爹临死前用真元化了结界后才制止了他们的野蛮行为。如今结界被玖非夜给化解了，他们肯定是去打探了，才知晓了我现在的藏身之处。

"冥月，你马上给我住手，竟敢跑到碧霄山来滋事，谁给你这么大的胆子！"我大喝一声，飞上云头与他对视。

冥月见我出现，眼里闪过一抹精光，立刻咧嘴笑了："扶桑少主，别来

无恙啊，我今天可不是来滋事的，是我们妖王许久不见少主，想请少主去叙叙旧。"说罢，他手一挥，下面妖王的属下就停止了攻击。

叙旧？只怕是有去无回。我瞟他一眼："冥月，这里是玖非夜神君的地盘，你伤了他的人，就不怕他找你算账吗？"

冥月笑了笑，方正的脸上露出几分讥讽："我自然是算好了他不在才来的，即便他在，我今日拼了这条命也是要将少主带去妖界的。"

果然是有备而来，玖非夜不在，我若不跟他们走，碧霄山的小妖们我难以保住，唉，大家都是妖，为何要为难同类呢，只因为一个有组织，一个没有组织吗？

我正在踌躇，渺渺这时也赶来了，举着桃花枝二话不说就要上去拼命，边打还边嚷嚷着："这个扫把星你可以带走，但今天你伤了我们的人，休想就这么离开！我已经用秘法通知了山主，你就等死吧！"

冥月不像渺渺，他的心里并没有什么正道与情义可言，眼见渺渺冲上来，手中黑雾翻腾，想也不想就朝渺渺打去。

渺渺尚未长成，这一掌下去只怕危险，我见势不妙，飞速伸手去挡，两道法力相碰，仙法还是被妖法击退打在我肩膀上，顿时我的整条手臂都麻了，冥月身为妖界护法，修为可不是说着好玩的。

"一群没用的散妖，居然敢如此不自量力，给我把这些小妖全部杀了！"渺渺的举动彻底惹怒了冥月，一时间，所有妖怪全部陷入了混战，空中黑青蓝各种酷炫妖法来来往往，简直闪瞎双眼。

碧霄山的散妖毕竟修为较低，哪里是妖界大妖们的对手，三两下就被揍

得很惨，我顾着救这个又没顾上那个，忙得晕头转向。冥月估计看不惯我与他们对着干，神情一冷就朝我出手了。

当时我还在帮渺渺对付身边的妖怪，神志集中在前面，当感觉到后方铺天盖地的杀气时，一切都已经来不及了，我一回头，就看到漫天的黑雾朝我头顶直劈而下。

我心想，这下完了……可这想法刚冒出头，一道青影乍然闪现，生生将黑雾给逼退了去，我一看，愕然睁大了眼。

面前的这位公子青衫卓绝，眉目如画，深蓝的眸子如汪洋大海，可不正是前不久还被我气得差点儿咽气的常休吗？

冥月一击不中，有些恼羞成怒，突然从虚鼎中掏出一个仙界法器朝常休打去，常休未曾想到他还有这种东西，一时不察被法器击中胸口，吐出了一口鲜血。

"常休！"我急忙用仙法托住他，将他放在地上，又扭身朝冥月道，"冥月，你不要再伤人了，我跟你走。"

冥月一怔，大概是没料到我会束手就擒。我刚想站起，手腕却被常休一把抓住，他忍着痛怒瞪着我，不禁喝道："扶桑云冬，你疯了吗？妖界是什么地方，你去了只怕连骨头渣都不剩，你要是没了，琉心还不得天天烦死我。"

我看了看地上哀声遍野的散妖和猩红的鲜血，还是掰开他的手朝冥月走去，这时，空中猛地传来一阵清润如泉水的嗓音，像是从远古飘来，紧跟而来的是一阵排山倒海的压迫感，仿佛有无数座大山从空中直压下来。

黑云上的妖怪受不了这股压迫，很多都开始七窍流血，连冥月的双眼也溢出鲜红的液体，这声音很远很远，估计是在千里之外。

这种猛烈而强势的威压，难道是……玖非夜大魔头？也只有他才会有这样霸道而高深的修为！

"妖界的人也敢来我这里撒野，我看你是活得不耐烦了！"听这声音，果然是他，我心里竟不知不觉溢出一丝欣喜，只要有他在，我就是安全的。想到这里我不禁又一愣，我什么时候对他如此信任如此依赖了？

"走，快撤退！"冥月等妖怪终于受不了了，抱着头飞快地溜远了。

黑雾散去，碧霄山大院前已是一片狼藉，小妖们大多受了伤，躺在地上哼哼，不过幸好伤都不是很严重，我扫视一圈情况又赶紧跑回去看常休，却见他双眼紧闭，唇色发白如纸，我忙道："常休？常休？"伸手探了探他的鼻息，渺渺一手把我打开，不满地叫嚷道："看什么看啊，他没死，只是晕过去了！"

目光扫过他的伤处，我这才发现他的胸口已经开始溃烂了，仙界法器是圣物，被击伤后很难复原，只有仙界灵丹妙药方能医好，依照常休的伤势来看，不知道瑶池灵水能不能修复好。

等不及玖非夜回来了，常休是为了救我才受的伤，我必须上天宫一趟，否则再耽误下去，伤口溃烂会越来越严重，到时只怕再难修复了。我把常休扶起来，朝渺渺嘱咐道："渺渺，请你帮忙照顾常休，我去天庭找医治他的法子。"

渺渺闷闷地应了一声："你不说我也会照顾的。"

我见她答应，身影一化掠入星空。

从小到大，我来天宫的次数屈指可数，这种地方不是什么仙都能来的，除了修为高深的神君，仙类级别的须得是上仙才能进殿上奏，而我能到这里来多半都是因为扶桑少主这个身份，虽然法力浅薄，但这身份却是上仙品阶，都是托了我爹的福啊！

不过也正因为这样，我更加不愿来天宫，虽然我脸皮厚，可也不乐意有事没事跑来受那些老仙家的白眼，所以除了太子传召，平时基本不来天宫晃悠。

再次来到天宫，我甚是感慨，时隔两月，宫殿依然巍峨壮观，周围仙气缭绕，一切还是那么宁静祥和，而我却已经成了卧底，被摧残得不成样子。

为免遇到熟人，我绕过大殿，直接溜进了太子的正宁宫，一脚才刚跨进去，帝涟月如薄荷般发凉的嗓音就缓缓响起——

"云冬，你这不经通报就直闯的性子什么时候能改改？"

"小仙见过太子殿下。"我走进去干笑两声，对着前面的人行礼，抬头一看，"天蓬元帅也在啊！"

几尺之外，一方御台，上面铺展着一盘水晶棋，帝涟月和天蓬对立而坐，正杀得难解难分。

"听说少主去碧霄山避难了，怎么突然又回来了？"天蓬好看的指尖在棋盘上落下一子，望着我似笑非笑。他同我一样，穿着锦罗白衣，却穿出了不一样的味道，有一种凛然之气。

凡人都只道天蓬原身乃是肥猪所化，长得定然丑陋无比，其实不然，天蓬长得还是极漂亮的，一双星眸像含了秋水，不笑的时候都能摄人心魄，笑起来满天星斗都没了色彩，最重要的是——他还痴情！

"大帅消息真是灵通，今天妖王的人追到碧霄山去了，用法器伤了星君曾经的座下弟子常休，小仙此次前来，就是想向太子讨个治伤的法子。"我去碧霄山卧底的事，除了我与太子是没人知晓的，是以像天蓬这样消息灵敏的神君见我跑去碧霄山，定然以为我是避难去了。

我又将今日发生的事细细说了一遍，帝涟月听完，绝美的脸一寸寸抬起来，他五官深邃，望着我的时候就仿佛有冷意侵染，让人不自觉发寒，他面无表情地道："身体溃烂只有瑶池灵水才有用。"说罢，他立即命令仙婢去取。

我看着太子那张俊美到令天地失色的脸，不禁觉得有些熟悉……他这样的倾世容貌，唯有玖非夜能与他比肩，对了，玖非夜？

我再次认认真真地打量了一番太子，竟然发现他与玖非夜有几分相似，只不过玖非夜是银发紫眸，而太子是黑发加琥珀色的眼睛；玖非夜偏妖艳邪魅，洒脱不拘世俗，而太子更加冷漠严肃，虽然有张颠倒众生的脸，却有一颗一丝不苟的"老干部"的心！

我正想着，前方帝涟月凉凉的嗓音忽然响起："天蓬，你输了。"天蓬元帅眼睛盯着棋盘，轻声笑了："太子殿下棋艺高超，这一局已是我输的第十次了。"

他的话刚落音，仙婢已经端着一瓶灵水进来了，我把灵水收进袖中，又

一本正经地看着前方，天蓬朝我看了看，取笑道："少主拿了东西还不赶快去救人，杵在这里做什么？是有什么难以启齿的话要说？"

大帅您真是慧眼，小仙的确有难以启齿的话要说，只是不方便您旁听啊！

我眨巴了下眼睛，嘿嘿干笑两声："大帅，方才进来前在大殿外遇着月老了，他说要给嫦娥姐姐配段姻缘，不知道是不是真的？"

天蓬立即脸色一变："有这等事？"他急忙向太子告辞，站起身夺门而去。

这天底下能让他这么紧张的也就只有嫦娥一人了。我暗自窃喜，冷不防太子发寒的声音又响起来："敢用这种小伎俩骗他，下回等他找你算账，我可不保你。"

"太子殿下，小仙也是没办法啊。"

帝涟月面无表情地觑我一眼，扬声问道："可是查到混元镜的消息了？"

"没有。"我摇摇头，苦着一张脸，"殿下，玖非夜太谨慎了，他根本不让小仙去靠近，小仙又不是他的对手，这两个月来，小仙已经被他折磨得不成人样了，小仙想与殿下商量商量，您看……能不能派个法力高强点儿的上仙去卧底啊？"

我天天被逼着与玖非夜同吃同睡，难保哪一天我的女儿身不会穿帮，为了我的小命，只好祈求太子换人了。我眼里挤着一包泪，满怀期盼地望着他，希望他看在我这么可怜的分上放我一马。

然而，希望是美好的，现实是残酷的！

"不能！"帝涟月拒绝得干脆果断，他看着我冷淡地说，"此事没得商量，半途换人岂非打草惊蛇，况且，只有你这种法力低微的神仙才能让玖非夜放松警惕，你且去吧，继续查探，有什么情况向我汇报。"

只有你这种法力低微的神仙……有必要这样伤人吗？有必要吗？

去就去嘛，干吗要人身攻击！这个白眼狼！

帝涟月的话对我造成了一万点伤害，我在心里凶残地将他大卸八块了一百次，这才不甘不愿地出了宫门。

回到碧霄山后，我立刻用灵水给常休清洗了伤口，止住了身体的溃烂，将他带回小木屋里休养，一切都弄妥当后我才回房间休息，等了半晌还没等到玖非夜回来，一打听才知道原来玖非夜已经回来过了，此刻早就去妖界找冥月算账了。

虽说他法力无边，可毕竟只有一个人，妖王的实力不容小觑，加上还有那么多的大小妖怪……我越想越担心，在房间里面来回踱步，实在受不了了又靠在床上去等，等着等着我就睡着了。

第二日睁开眼，玖非夜不知何时已经回来了，我抬头一看，他正睁着一双漂亮的紫眸盯着我，见我醒来，劈头盖脸就是一句："谁让你不脱衣服睡觉？把我的床都弄脏了！"

我懒得理会他的洁癖，一把将他拖起来，左摸摸右捏捏："有没有事？有没有哪里受伤？"

　　玖非夜目光微闪，忽然一笑："就凭冥月那点儿本事，还能伤得了我！"顿了一下，他又道，"没看出来你这么关心我？"

　　"少来了，我是怕你死了，妖王要是再派人来抓我，就没人是他的对手了。"知道他没受伤，我的瞌睡又来了，打了个呵欠，倒头就打算去会周公。

　　玖非夜安静了半天，低声道："你来碧霄山，真的只是避难？为什么不去天宫，那里才是最好的避难场所。"

　　天宫是最好的避难场所？帝涟月要是知道了会不会气得吐血？

　　我闭着眼睛，嗡声答道："我除了避难还能干吗？难道碧霄山有很多宝贝可以让我觊觎吗？还是说神君有什么不可告人的事怕我知道？"

　　身边又安静了一会儿，半晌后，听到玖非夜轻斥一句："牙尖嘴厉！"然后就没了声音。

　　我扭头一看，那个玄色身影已经步出房门，外面艳阳高挂，阳光洒在他身上，将他的身影照得美极了。

　　接下来的几天，不知道为什么，玖非夜居然不奴役我了，什么事也不要我干，只让我跟他一起吹吹风，晒晒太阳，日子舒服得让我一度怀疑是不是出现了幻觉。

　　我站在窗前想啊想啊，百思不得其解。

　　"喂，那个姓扶桑的，常公子叫你过去小木屋一趟。"雌渺渺一下蹿到我眼前，想吓我一跳，却不知本少主从小就是吓大的，这点儿小儿科根本惊不到我。

"什么姓扶桑的，叫哥哥！"我伸手弹了一下她的额头。

"我没有哥哥！也不需要哥哥！"渺渺瞪着我，又相当不满地道，"话已经带到了，你爱去不去。"

我走出门追问："他的伤可好了？"渺渺点头："好了，你自己去看不就知道了，不过我劝你最好别被山主发现，否则会打断你一条腿！"

又吓我……我摸了摸她可爱的脑袋，看她脸色越来越沉，笑了笑转身走了。

我来到常休的木屋时，他在房间里备了一桌子好菜，说是为了感谢我救他，要好好款待我，其实严格说来，还是他救的我，否则我哪里还能好好地坐在这里，不过看他那么热情，我又不好推却，俗话说恭敬不如从命嘛，扫兴多不好。

"你多吃点儿，来来，吃绿色蔬菜补充维生素，吃肉补充蛋白质。"常休拿备用筷子给我夹菜。

"你也吃，你的身体刚好，应该多补充点儿营养。"我也拿筷子给他夹菜。

然后我们就像两个神经病一样你夹一筷，我夹一筷，直到两个人的碗里都堆成了一座小山，再也堆不下了才住手。

常休眼见碗里没办法下手了，又从厨房捣鼓了一杯茶端过来："云冬，喝杯茶吧，我特意从凡间买来的，最上等的君山银针。"

我看了看他，顿觉汗颜。这样热情洋溢的常休，让人有些招架不住啊！

常休把茶推到我面前，我笑呵呵地端起来喝了几口，茶一入喉我就感到

有什么不对劲，温润的茶水忽然像开水一样烧得我整个喉咙都疼起来，并且这疼痛和灼烧感瞬间就蔓延到四肢百骸。

我觉得我快要自燃了！

"常休，你给我喝了什么？"我难受地滚到地上，蜷缩成一团。

常休显然吓了一跳，他跑过来一摸我的手，突然又像被电到一样飞速弹开，拍了拍脑袋，忧心忡忡地道："糟了！这茶水是用天灯壶煮出来的，我倒错了！"

"那到底会怎么样啊？"我刚问完，只觉身体猛然一软，接着周围光芒四起，我眼睁睁看着自己的手脚开始缩短，眨眼间身体就迅速缩小，变成了两岁的黄毛小娃娃模样儿。

早就听说喝了天灯壶煮的茶会削弱法力，可也没想到削得这么彻底啊！

我心下大骇，难以置信地低头一看，顿时发出一阵惊天动地的惨叫声！

衣服！衣服！我的衣服呢？为什么连我的衣服也不放过？两岁的孩子也有羞耻心的啊！

"云冬你……你怎么是……是女娃？"常休震惊地瞪大双眼，望着我已是满面通红，鼻子下面还挂着两条长长的鼻血。

"啊啊啊——常休你个禽兽！你偷看我，呜呜呜！"我又发出一阵杀猪般的惨叫，连忙用手捂住自己的重点部位，迈着小短腿躲到门后面。

我在门后哇哇大哭，我觉得自己没脸见人了，这一世清白竟然就这么毁在了常休手里！常休听到我的哭声，可能慌了神，忙不迭向我解释："我，我不是故意的，我不知道你是女孩，我，我其实什么也没看见。"

"你骗人！你都流鼻血了！"我含着泪控诉。

"我……"常休挤了半天也没挤出反驳的词，声音听上去格外惊慌失措，"云冬，是我错了，你别哭啊！"

我继续号啕大哭，这时屋里忽然闪出一道青光，我偷偷探出脑袋看去，只见常休双手一展，吸了院里的花瓣进来化成了一套白色衣裳。

他将衣裳放在凳子上，也不敢看我，眼观鼻，鼻观心道："云冬，你没有喝多少茶水，应该再过一个时辰就能恢复法力了，我弄了一件男子衣衫放在这里，一会儿恢复后你就可以穿了，你放心，我一定会替你保密的！"说完，他就忙不迭地往外跑了出去。

我从门缝中瞪着他跑远的背影，恨不能一锅铲把他砸死，再找个地洞钻进去。

一想到这个秘密昭告天下后，将会引发多么恐怖的轩然大波，我心里就忍不住一阵哆嗦！

我不想被妖王逼婚啊！我不想嫁给凤幽啊！我只想安静地做个美男子啊！为什么老天爷连这点儿可怜的要求都不能成全我！

为什么为什么啊？

常休这个臭小子，今天真是便宜他了，呜呜呜！

自从发生格外羞耻的那一幕之后，常休心里十分惭愧内疚，几乎对我唯命是从，而且再三发毒誓会为我保密。我让他把玖非夜的秘密告诉我，他二话不说，顶着被玖非夜打死的危险，屁颠颠地就跑来了。

今天阎王又给玖非夜捎来了信，说是在人间发现了可疑气息。玖非夜吃完了早饭才走，常休就化作一颗白菜在大门外的墙角蹲了一个早上。

我没想到常休的原身竟然是一颗廉价的大白菜！

他竟然是个白菜妖？

这年头连白菜都修炼成精了，世界发展得可真快啊，难怪司命老头子会说他悟性高收他为徒！

玖非夜前脚刚离开，后脚常休就从窗户跳了进来。

他依旧一身青衫，眼睛上蒙了一层青纱，把深蓝色的眸子掩盖起来，鬼鬼祟祟地朝周围探视一圈，才在我对面坐下来。

"你蒙着眼睛做什么？"我指了指他脸上的青纱，"你放心，我这辈子都不会再喝茶了。"前几天的事给我造成的心理阴影面积太大了。

常休轻咳一声，连连摇头："没什么没什么，就是眼睛不舒服。"

鬼才信你！

我趁他不注意，一把扯下青纱。

常休被我"杀"得措手不及，快速扭过身子背对着我。

我越发好奇，冲过去摆正他的脸，这一看，顿时笑得停不下来。

"呆子，你长针眼了！看你还敢不敢偷看别人，哈哈哈！"

他深蓝色的眼珠子前面长了一个硕大的肉瘤，前两天我还没发现，今天居然长这么大了，难怪要把眼睛蒙起来。

天灯壶真是害人不浅啊！

"你想知道的都在里面，自己看吧。"常休面色一红，神情窘迫地背对

着我，伸手在空中一划，甩下一个物什飘在空中，自己却闪身从窗户跳了出去。

我仰头一看，发现那是一个透明的水体幻境，他把要说的秘密全部用幻境的方式展现了出来。

我指尖轻点幻体，开始仔仔细细地观看起来。

一直到太阳落山，我才慢慢看完，心里不禁也有些唏嘘。

原来玖非夜抢夺定魂珠是为了救一个他非常喜欢的女子石灵，可石灵虽然善良，却只是个普通的凡人，仙凡不能相恋，这是亘古不变的规矩，玖非夜却不管不顾，还将石灵带去了仙界，后来石灵受到了天罚，在诛仙台上被活活焚祭，从而魂飞魄散，玖非夜也因此一夜堕仙。

定魂珠有凝魂聚魄之力，玖非夜想用定魂珠收集她所有魂魄救她，可诛仙台的天罚可不是普通的刑罚，连神仙都会消失得连渣都不剩，更别说石灵一个凡人。

我这才知道，原来玖非夜一直要阎王寻找的是石灵的魂魄，而前几次阎王找到的却是石灵的情丝，天罚果然好可怕，不仅将魂魄打得灰飞烟灭，竟然连情丝也碎了。

三界都传说玖非夜是个杀生如麻的坏蛋，是一个十恶不赦的魔头，可经过这么长时间的相处，我发现他并没有做什么伤天害理的事情。

也许当年石灵死后，他在盛怒之下的确打伤过许多仙家，甚至在碧霄山占山为王，可他对碧霄山的小妖都很好，从来都没有伤害过他们。

至少现在的他，并没有想象中的那么可怕。

当然，更令我没有想到的是，玖非夜竟然是一个如此情深义重之人，明知石灵已经魂飞魄散，他还满世界地寻找。

直到现在，一千年都过去了，他依然如此，从来没有放弃过！

第四章

少主，你的裹胸掉了

　　漆黑的夜里静默如斯，安静得只能听到外面风吹树叶的婆娑声和身旁玖非夜均匀的呼吸。我睁开眼睛小心翼翼地起身，在他身上搜寻一遍确定了定魂珠的位置，趁他睡熟之际催动灵力抽出定魂珠里面的所有东西。

　　房内有丝丝亮光透出来，无数根细小的丝线错综复杂地盘桓在一起，中间还有很多肉眼难以辨清的透明气息左右缠绕着，我仔细找了半天也没找到一点点魂魄的碎片。

　　除了情丝就只剩下凡人的气息，玖非夜难道连一片石灵的魂魄都没有找到吗？既然这样，他为什么还要坚持不懈地寻找呢？

　　我把情丝和气息裹在一起，绕成一个圆形，再用灵力送回定魂珠里面，之后朝玖非夜的方向探了探，发现他睡得很沉，于是我决定趁机查探一下他的神志，说不定还能找到关于混元镜的蛛丝马迹呢，虚鼎我是进不去的，可这神志嘛还是阻挡不住我的，平时根本无从下手，今晚正好是天赐良机。

　　这么想着，我已经化作一道纤细的灵光，从他眉心钻了进去，飞入他的神志。

　　他的神志里雾茫茫一片，什么都看不到，别说混元镜了，连片镜渣都没有，如果不是他藏得太深，就是我的修为太浅探查不到。然而我的灵力有净化的作用，倘若他当真是个十恶不赦的坏人，或者满腹心计的伪君子，会与

我的灵力发生冲突的。

但是我绕着他广阔的神志飞了两圈，竟然一丝动静也没有，莫非他其实是个好人，即便成了堕仙，也没想过要去害人，所做所求不过是为了救石灵？

我摇了摇头，灵力一转又干脆飞入他的心脏，才刚进去我就被一股炽烈滚烫的火焰烤得浑身发疼，见势不妙，我赶紧往后退，直到身体不那么难受了才回头细看，这一看我不由得大吃一惊。

玖非夜的心窝处并没有像正常人一样有一颗鲜活的心脏在"扑通扑通"有力地跳动，他的心脏是一颗燃烧的火球，而这个火球的周围竟然还有一股股磅礴的火焰，这火焰深如滴血，还夹着幽暗的蓝，不断地往外喷射。

如果我没有看错，这应该……应该是生长在十八层地狱之下的红莲业火！

他到底是个什么鬼啊！为啥没有心，而是一颗燃烧的红莲业火？

"真是吓死本宝宝了。"我好像又知道了什么了不得的事情！

是非之地不宜久留，我灵力一化赶紧从他眉心撤退收工，按捺住躁动不安的心，我抓起被褥正要躺下，却见玖非夜不知何时醒了过来，正瞅着我。

我心下一惧，骇得面色都变了变，心想这下完了，第一次干"偷鸡摸狗"的事就被当场逮着了，忒倒霉！

"神君，我好像有点儿梦游了，我什么也没……"

我强颜欢笑地准备扯个谎蒙混过关，却不料玖非夜突然伸手一扯，把我拉进他怀里，紧紧地抱住，嘴里还嚷嚷着："灵儿……灵儿，你们还我灵

儿……"

他喊的是石灵？我从他胸前缓慢抬起头，看到他双眼紧闭，眉头皱得能夹起蚊子，嘴里不停地喊着石灵，睡得极不安稳。

原来没醒，只是发了梦魇，我舒了口气。

"扶桑云冬，别以为我不知道……你和呆子常常见面……"我刚要闭上眼睛，玖非夜的一句话又让我的心悬到了嗓子眼儿。这浑蛋大半夜的还让不让人睡觉了！

"扶桑云冬，你是猪吗……"

你才是猪！你们全家都是猪！我摩拳擦掌，抡起拳头准备给他一记熊猫眼，玖非夜忽然扬起一个漂亮的笑容："蠢猪……"

我看了看拳头，想了片刻还是忍住了，这么美艳的一个人，要是被我打出熊猫眼，实在影响碧霄山的山容，我堂堂落霞山少主，宰相肚里能撑起航空母舰，还是算了！

我被自己辽阔无边的胸襟所感动，没过一会儿也进入了美梦。

第二天太阳晒着屁股时，我揉着眼睛醒了过来，玖非夜也同时醒了，他看了一眼怀里的我，大喝一声一掌把我拍下了床。

"玖非夜，你疯了！"我气得直呼其名，摸着屁股疼得龇牙咧嘴。

玖非夜拿紫色眸子斜我："谁让你抱我？"

"天地可鉴，抱你我就不是人，明明是你抱着我。"我缓过神，期期艾艾地爬起来。玖非夜冷哼："你本来就不是人。"

我一噎，也对，我是仙子。

　　玖非夜显然不打算放过我，意味深长地问："昨晚你干什么了？我好像看到你半夜坐起来了？"

　　哦呵呵呵——他居然记得，打死我也不会说的！

　　"还不是因为你，嘴里一直喊着灵儿，灵儿，我的心肝宝贝儿……"我夸张地学着他的动作，末了，又凑到他面前笑语嫣然地问，"神君，你昨晚喊了灵儿八十次，喊了我一百〇八次，你是不是喜欢我啊？"

　　玖非夜仿佛一口气没接上来，开始剧烈地咳嗽，咳得脸色通红，连耳根子都红了。

　　好半晌后，他才红着脸瞪我一眼："少胡说八道！"

　　"我扶桑少主从来不打诳语。"我认真地说道，又做恐惧状望着他："不仅如此，你昨晚还非礼我！"说完，我又做憔悴状。

　　玖非夜立即面色一黑。

　　"神君，我没想到你心里居然住着一头野兽，竟……竟是连我也不放过。"我痛心疾首地捂住脸。

　　玖非夜的面色由黑转红，支支吾吾地道："我没有喜欢男人的癖好。"

　　"神君也许是把我当成了灵儿，又是拉我的手，又是摸我的头发……"我做出伤心欲绝的模样，拿眼睛偷瞟他。

　　玖非夜的面色由红转成鸡冠红，估计是听不下去了，"唰"地一下站起来，仓皇地夺门而出。

　　我在身后哈哈大笑，小狐狸精，让你把我拍下床！

星君大殿离天宫很远，风景很美，从这里可以遥望到九天之上的苍穹之巅，司命星君和琉心就住在里面，我在殿外徘徊了许久，犹豫着要不要进去找琉心，万一被司命老头儿发现，今天就别想回碧霄山了。

"云冬，你来看我了！"我还在挣扎，琉心突然蹿到我面前，笑得像发情的猫一样。

我受惊地拍了拍胸脯："你怎么知道我来了？"四周查探一圈，我拉着琉心撒丫子就跑远了，生怕被司命老头儿看到后给逮回去。

琉心不客气地朝我后脑勺使劲拍了一巴掌："别跑了，再跑就要出仙界了，师父今天不在殿里，他找太子殿下议事去了。"

议事？司命老头儿很少去天宫的，莫非有什么大事要发生？

琉心见我神色不解，拉住我的手郑重地说："云冬，你别去碧霄山了，回落霞山吧，师父说大劫将至。"话虽郑重，可她的表情却完全不是这么回事，甚至带着点儿隐隐的兴奋。

"大劫？什么劫？"我惊愕万分，现在三界相处这么融洽，世界这么祥和，还能有什么大劫？

琉心摇摇头，也是一脸疑惑，我不安地看了看她，想起今天来的目的，忙不迭问道："琉心，你知不知道一个人被处以天罚后，还有没有救活的可能？"

琉心白我一眼，一副"我就知道"的表情，恨恨地道："扶桑云冬，你个没良心的！自从师父说要把我许给你之后，最近几百年来你就一直躲着我，就知道你不是专程来看我的。"

我有些汗颜，这不是心虚才躲着她的嘛，要是让她知道我是个姑娘，肯定会被她一顿暴揍。再说了就她这个恨不能把天窗捅个窟窿的性子，我要是告诉她真相，保证不出一个时辰全三界估计都知道了。

"云冬，你该不是怕我爱上你吧？所以老是躲着我。"琉心的眼底闪着狡黠的光芒。

我抹了抹额头的汗，刚准备要解释，琉心扑哧一笑，相当不屑地睬我一眼："你放心吧，你只是我的好哥们儿，我早就有意中人了。"说完她又娇羞地垂下了头。

哎哟喂，我从来不知道这姑娘还会害羞……

"他是谁？"

我决定好好盘问一番，可谁知向来藏不住事儿的琉心这回居然咬紧牙关，打死都不肯说，我们俩在白云上追追赶赶闹腾了起来，最后气喘吁吁地趴在了云头上。

琉心这才笑着道："你到底想救谁啊？处了天罚的人连轮回都入不了，哪里还能救活，除非是使用禁术！"

禁术？这绝对不可能，天条中已明令禁止，仙籍中也已经被抹去，现在除了始祖级的上神，应该没有仙家会使用了吧。

我顿时泄了气，本来是想帮玖非夜一把的，现在看来是无能为力了。我站起身仰望着天空长吁短叹起来。

忽地一阵黑云笼罩，由远而近，快速将我们俩人围困在中间，我暗叫不

好，回头一看，对面十几个身着黑衣的妖怪慢慢走了过来，他们中间还站着一位白衣飘袂的绝色公子。

那公子俊俏美丽，明眸皓齿，嘴角噙着一抹淡淡的温暖的笑，上挑的眼峰里有寻常男子没有的迷人醉意，端的是春风一度桃花开。

"凤幽？"琉心一声惊呼，转过头来看我，"云冬，他们肯定是来找你的，你保重。"话音刚落，她拍拍屁股一闪身，人就不见了踪影。

事情转变得太快，我还沉浸在她的那声惊呼中没缓过神来，满脑子都是凤幽凤幽几个大字飘来飘去。

凤幽啊！妖王的儿子凤幽啊！躲了这么多年还是没能逃过上天的捉弄！娘啊，真是冤家路窄啊！

我一边骂着琉心黑心肝，一边往后退，冥月早已抓住我的胳膊，将我往前狠狠一推："公子，她就是扶桑云冬！"

浑蛋冥月，上次玖非夜怎么没把你弄死呢！我邪恶地想。

凤幽风度翩翩地走到我面前站定，如沐春风的眸子微微一闪，轻浅一笑："我父亲在我面前念了数百年的女孩，原来就是你。"

妈呀，他笑起来真好看，我感觉我的眼睛都快要闪瞎了，望着跟前俊美逼人的浊世佳公子，实在难以把他和妖王的儿子画上等号。

妖王那个鼠目寸光的家伙居然能生出这么漂亮的儿子，真是天理难容！

"我是男人！"回过神后，我压低嗓音重重地强调。

听了这话，凤幽没有表现出半分生气，反而笑得格外迷人："你的样子一点儿也不像男人，和女孩一样秀气好看。"

天啊，他这是在夸我吗？被这么漂亮的男人夸赞幸福值真的满分啊……可是想到他的身份，我又垮下了脸。

我真的秀气得一点儿都不像男人吗？唉，早知道应该弄两撇胡子贴在嘴巴上的……我为自己的后知后觉深深扼腕。

"凤公子，妖王大人都是开玩笑的。你看你年纪也不小了，赶紧找个姑娘娶了吧，我是男人，而且脾气特别不好，晚上睡觉打呼噜，还磨牙，惹急了还啃脚指甲，没有一样可取的优点，实在不是公子的良配。"看在他颜值爆表的分上，我苦口婆心地劝慰。

凤幽笑得越发醉人了。冥月手一伸，紧紧按住我肩膀，恶声恶气地道："不管你是男是女，你都得跟我们去见妖王，都得跟我们公子在一起！"

男的也要，妖界的人都疯了吗？而且在大路上就绑人，你们是土匪啊？

冥月的话逼得我不得不放出狠招，我一边与他撕扯一边大叫："冥月，你放开我，我不会跟你们去妖界的，我有喜欢的人了！我与玖非夜早就有了断袖之欢！"

话才落音，周围就响起了一阵抽气声！

所有人都盯着后面，我眼皮一跳，挣扎着朝后望去，瞬间惊呆了："神君，你……你什么时候来的？"

云头上玄衣轻扬，一双紫眸如夜色中抽出来的邪魅，可不正是玖非夜，他正一脸被雷劈中的表情，白皙的脸颊像中风一样不停地抽搐，想必被我气得快脑震荡了吧！

"神君，他们要抓我，我们同床共枕那么久了，你不会见死不救吧？"

这话一出，所有人面色一片死白，玖非夜也风中凌乱了。风幽看了看我，嘴角的笑容一直不变，温柔地说道："放他们走吧。"

"公子……"冥月还想说什么，却被风幽抬手制止，"君子不夺人所好。"他说完，深深地看我一眼，转身腾云离去。

直到他消失在天边尽头，我还站在原地。我想不明白，风幽就这么放我走了？真是个好人，甩了他老爹几万条街！

那天之后，没出两天，全三界的人都知道我与玖非夜有断袖之癖，为此我娘发了三道召令让我回去，可太子却及时制止，送来旨意一封，要我带玖非夜一起去参加仙宴会。

太子的意思我明白，估计是听到风声要来质问我了。我顿时觉得天要塌了。

仙宴会当天我打定主意装死不去，却不料玖非夜哪根筋不对，居然盛装打扮非要去参加，不仅如此，他还用捆仙索把我绑了，要我与他一同前往。

天杀的狐狸精！早上吃错药了吧！

我蹲在檐下，看着两个蛇妖给玖非夜着装，大声抗议着："玖非夜，你个浑蛋！你又捆我，我的修为都所剩无几了！"

桃花精撇嘴窃笑："捆仙索就是专门捆你的啊。"

我气呼呼地剜她一眼，转念一想，忽然笑眯眯地说道："玖非夜，你不会是真的喜欢上我了吧？"

玖非夜侧眸上下打量我一眼，兴趣缺乏地道："你想多了，我宁愿喜欢

渺渺，也不会喜欢你这种胸上没有二两肉的小白脸！"

什么？他歧视我没有胸？简直不能忍！

我愤愤地垂下头，正要义正词严地反驳，却发现自己一身白色男装，胸前的那"二两肉"都被紧紧地裹住了。

被他一气，我又差点儿忘了，我现在是条"汉子"！

桃花精听了他的话，欢天喜地地蹦跶起来："山主，山主您说的是真的吗？您真的喜欢渺渺吗？山主您等着，我发誓一定想办法把雄性部分给全部割掉！"

"臭丫头，你敢！"雄渺渺化身出来抗议。

"你看我敢不敢！"雌渺渺霸道女总裁范。

两人就这样变来变去，你来我往，我看得都快精神分裂了。玖非夜估计也受不了了，将渺渺给轰了出去，然后提着捆仙索掠上云头，朝天宫飞去。

仙宴会上到了很多仙家，以往见过的没见过的统统都来了。连琉心和常休也来了。既来之，则安之，来都来了，我只好大大方方地同众仙家打招呼，众仙家看我的眼神又是憎恨又是嫌弃，我装作看不懂的样子，该说说该笑笑，然后找了个上茅房的借口溜进了正宁宫等太子。

忽悠仙家们可以，忽悠太子我还没那个胆量，只好自觉一点儿了。前方琴声缭绕，仙乐飘飘，我在后面池塘边拿花瓣喂鱼，正宁宫的鱼可非一般，它们只吃玫瑰金花瓣。

"小鱼啊小鱼，在这个地方修炼，你们很快就能成仙的，到时可别忘了我。"

我晃着二郎腿，坐在池边碎碎念。就在这时，身后刮起了一阵邪风，我感觉脖子一凉，身上的灵气就开始源源不断地往外倾泄。

我心下大惊，回头一看，却见一名红衣仙子背对着我正在吸取正宁宫中的精气，我生来仙体，这种东西自是没有，却有与生俱来的灵力。

我试图阻止灵力外泄，却发现怎么也阻止不了。这个仙子到底是什么人？修为高深还敢在天宫撒野，好大的胆子。

"住手！你是何人？"我大喝一声。

红衣仙子转过头，二话不说就跟我打了起来，她好像丝毫不顾忌这里是太子的地盘，强劲的仙法把周围的鱼塘和花草炸得稀巴烂，刚才我喂食的鱼好多条都翻着肚皮死掉了。

我一时怒不可遏："你太过分了！"说着，一柄长剑自手中仙化而出，随后化成无数柄利剑朝红衣仙子击去。

红衣仙子打出冲天屏障阻挡，元神离位一步蹿到我跟前。我凝聚所有灵力誓要好好教育她一番，就在我动用灵力与她相抗衡时，帝涟月尊贵的身影突然临空而降，一道仙法飞逝迅速将我们弹开。

红衣仙子趁此机会，将我释放的灵力一把吸了过去，我身子发软，一口鲜血自口中喷了出来。

玖非夜进来时，正好看到我口吐鲜血，他以为是帝涟月所为，神情骤然一冷："帝涟月，你敢对他下手？"

帝涟月眉头一皱，万年冰山脸上终于有了一丝龟裂，他想说些什么，玖非夜眉心的火色堕仙印记却猛然一闪，法力膨胀，已经挥手朝他攻了去：

"这么多年不见，你还是一样的专横独断，是不是只要是我在乎的，你就要统统毁灭！"

我抬头看到这种情况，两眼一黑险些昏死过去，他护短虽然挺让人高兴的，但是也太胆大包天了吧，居然敢对太子动手！而且还是在天宫，外面还有那么多的仙家，修为高就是任性啊！

"无论是一千年前还是现在，事情都远非你想的那样。"帝涟月似是也怒了，"玖非夜，外面的传言是不是真的？"

我心底一惊，他要开始逼供了吗？却料玖非夜根本不打算回他，眼皮也不抬一下，尽找对方痛处打。

帝涟月百忙之中朝我瞥来一记警告的眼神，那眼神在我翻译来看，就是说——你们俩真有一腿？别忘了他是堕仙，是杀人魔头，而你是神仙，是扶桑少主！别忘了我交代给你的任务，否则你怎么死的都不知道！

我当然没忘，我死都不会忘的，我回给太子一记"你放心，我很靠谱"的眼神。

"玖非夜，你快住手，太子殿下……没有伤我。"两人修为虽然同样高深，但仿佛有越打越起劲的样子，我见状不妙，大声喊着想阻止玖非夜，奈何五脏六腑疼得厉害，说完一句就再也说不出话来了。

我弓着身子，努力睁大眼去看对面的红衣仙子，方才仙法光芒四射，我没注意她的脸，这时细看之下不禁感到震惊——

这位仙子竟然长得和石灵一模一样！

曾在凡间时，我从林白玉身体抽出的气息中看到过这个仙女，秋水盈

眸，银铃贝齿，如花似玉，只不过石灵的目光善良温婉，而这位仙子则冷如冰雕，满眼尽是难以磨灭的酷寒杀意。

"你别走！玖非夜……神君……"眼见红衣仙子飞身掠走，我想要玖非夜去阻拦她，却料玖非夜根本不理我，跟帝涟月两人打得难解难分。

两人从地上打到了半空中，又隐进了云层，此刻外面的众仙家也听到了动静，纷纷跑了进来，有许多仙家还挽起袖管，准备去帮帝涟月揍玖非夜。

我一看，妈呀，这是要干群架啊！

"云冬，你怎么了？发生什么事了？"谢天谢地，琉心和常休终于来了，可我已无法再说出一个字，嘴巴一张，一口鲜血又喷了出来。

望着那抹红影绝尘而去，我眼一闭，终于支撑不住，陷入昏迷，不省人事了。

再醒来时已经是两天后的事了，玖非夜为了救我，还去太上老君那里拿了仙丹，正因如此，我与玖非夜这对"断袖之癖"的深厚感情已经被三界传得沸沸扬扬，不成体统。这些都是桃花精雄渺渺告诉我的。

他还告诉我，这两天玖非夜一直用他的仙法为我疗伤，眼睛都没合一下，才刚在外面睡了一个时辰的日光浴，听到我醒了的消息，立刻又赶了过来。

他还是一身玄衣，及腰的银发优美柔滑，五官有旁人无法企及的美，可他的紫眸之下却多了一层黑眼圈，神情间疲惫之相尽显，想来这两天为我奔波累坏了吧。

我眼睛一酸，心中竟忽然有种莫名的幸福。

"神君，你老了好多，也丑了好多。"我走到他面前，伸手摸他的黑眼圈，"神君，你瘦了。"分明才睡了两天，却让我觉得仿佛和他很久很久都没有见面了。

玖非夜神色一怔，上上下下仔细将我检查一遍，目光之中闪过一抹担忧和轻淡笑意，但很快就消失不见。他扒下我放肆的手，两指捏起我的衣服放在鼻息下嗅了嗅："扶桑云冬！你都臭了，还不去洗澡！弄脏我的床你赔得起吗！"

在这么美好的气氛下，就不能说点儿别的吗？

我低下头闻了闻，似乎是有点味儿了，可是我现在全身酸软根本不想洗，于是哀哀地看着他："神君，可不可以让我再将就一晚，我现在是病人，没有力气。"

玖非夜将信将疑地打量我一瞬，末了，颇不情愿地叹了口气："既然你没有力气，那我就牺牲一点儿，亲自帮你洗。"然后他侧头看向两个蛇妖，吩咐她们去准备热水和毛巾。

亲自帮我洗？玖非夜要帮我洗澡？他什么时候变得这么贴心了，真的好可怕！

"啊呵呵……"我下意识地捂住胸，干笑着往后退，"不……不劳烦神君了，这点儿小事我自己可以搞定。哎呀，我突然觉得精神焕发，浑身充满了力气！"

我撩起宽广衣袖，炫了炫手臂上的二两肌肉，重重地拍了几巴掌，以示

肌肉结实有力。玖非夜一声嗤笑，颇不以为然："你真的可以自己洗？"

我重重地点头："可以可以，神君为我操劳了几天，赶紧去好好睡一觉吧，我去别的房间洗澡就行了。"

说完，我让雄渺渺把玖非夜房里的被褥全部换了干净的，然后跑到隔壁的隔壁去洗澡，这间房是刚来碧霄山时我住的地方，里面陈设简单却很安静。

小蛇妖不出片刻就把水送来了房里，我还弄了些院子里的花瓣撒在水中，鲜红的颜色随着水波一荡一荡，叫人心情欢喜得紧，我三下五除二就扒光了衣服跳进大大的木桶里，靠在木桶边缘满足地呼出一口气。

真舒服啊！之前一直和玖非夜挤一间房，好久都没有这样轻松自在地泡过澡了。

"人生中最舒服的事情莫过于此了。"我不由自主地哼起了连自己都不知道是什么的小曲，闭着眼睛享受难得的惬意时光，什么烦恼都抛诸脑后了。

可怜我还是高兴得太早了，忘了这世间有一个词叫乐极生悲啊！

就在我泡得昏昏欲睡之时，房门突然被谁"砰"地一声推开，我吓得连忙睁开眼睛——谁？谁吃了熊心豹子胆趁我洗澡的时候闯进来？

回头朝门口看去，映入我视野之内的是玖非夜绝美的身影，他手中拿着一套衣衫，步履从容地朝这边走来，边走还边教训道："洗完澡要换衣服，再穿那身臭衣服你就死……定……了……"

话刚落地，他的脚步忽地顿住，眼睛在我身上一扫。我吓得尖叫一声，整个脑袋一片空白，"哗啦"一下把自己按在水中，只露出一颗脑袋在木桶上面。

"神君，你你……你别过来！把衣服放在屏风上就可以了！"我大声喊道。方才是忘记拿换洗衣服了，可是您老亲自送过来我压力很大啊！

玖非夜不知道是哪根筋没对，他看着我，奇怪地皱起了眉："你……"

"你出去，你快出去！"我慌得六神无主，生怕他刚才看出了些什么。

玖非夜压根不听我的话，身形一动瞬间就到了木桶前，抓住我的手将我往上一提，这一系列动作太过迅速，我来不及防备，只觉一阵凉意突袭，整个上身就暴露在空气中。

"啊啊啊——"我发出一阵史上最惨绝人寰的惨叫！

玖非夜先是一愣，继而眼睛猛地睁大，手指像被烫到一样闪电般缩了回去，身子跟跄着往后退了好几步才勉强稳住。

我抱着胸，连忙又把自己按回水中，瞪着他大肆咆哮道："玖非夜！你个臭流氓！你无耻！你下流！"我搜肠刮肚地想着骂人的话，可奈何水平有限，挤了半天也就这几句还算攻击性强。

"你……扶桑云冬你，你怎么……"玖非夜显然快被吓出神经病来了，毒舌的他竟然也词穷了，他难以置信地看了看我，又看了看自己的手，唰一下转过身背对向我。

"对不起，我……我不知道你是姑娘……"他停了一下，身影一化，直接变成一道玄光飞了出去。

我瘫在木桶里欲哭无泪，好你个玖非夜，你一定是故意的！

听说凡间女子遇到这种事，是要立刻嫁给男方的，否则毁了清白就没人敢要了，男方若是不肯娶，女方只能打落牙齿和血吞，狠点就一哭二闹三上吊。我活了八百年，脸皮比她们厚实多了，自然也不会做出那等有辱斯文的事。

至于要男方负责嘛……我想起玖非夜那张美到人神共愤的脸，以及虽然霸道却不失体贴的性子，我觉得这个主意也是不错的。

只是这货最近看到我就脸红，连话也不跟我说几句，好像我是吃人的母老虎似的，这事还得从长计议，再说了，他心里喜欢的人是石灵，虽然石灵死了，但他从来都没有放弃过要将她复活的信念。

说到石灵，我忽然想起了那位红衣仙子，她到底是什么人？

我坐在院子里仰望天空，颇为惆怅地想着要不要找太子去问问情况，却见空中两道星光陨落，倏一下就到了我跟前，是琉心和常休。

哎哟，真是天助我也！

可能因为我受伤了，最近玖非夜放宽了政策，不再禁止常休和琉心这两人来探望我，是以常休再过来时也不必躲躲藏藏了，而琉心那个芝麻仙，能够有机会接近玖非夜大魔头，巴不得一天多跑几趟，恨不能直接住进来。

"云冬，你都受伤了，怎么还坐在外面吹风？"琉心跑过来揪我的耳朵，"走，快跟我进去，多大的人了，你就不能让我省点儿心！"

我什么时候没让她省心了？

"神君呢？他人怎么不在？"一进屋，她就迫不及待地寻找玖非夜，一双眼睛像探照灯一样四处搜索，我朝隔壁的隔壁指了指，她霎时就泄了气。

"有本事你过去找他啊。"琉心要是敢一个人去，我就把脑袋拆下来当球踢。

常休对她的行为颇为不满："你找他干吗？不是来看云冬的吗？"

琉心撇撇嘴，又说道："我想瞻仰一下神君的风采啊，你们不知道，神君当年可是风靡全三界啊，连百花仙子那样的天界第一美人都拜倒在神君的玄袍之下，太子殿下的人气都没有他高，哪怕神君现在堕仙了，仙子们对他的爱慕依然不减，你们男人不懂，神君的魅力无人可以匹敌！"

我是不懂，我不懂玖非夜这样痴情的人为什么会被天庭所不容，我更不懂玖非夜这样桀骜不羁的人为什么会对一个凡人如此念念不忘，哪怕时间更迭了千年，哪怕已不存半丝希望，他还盼着，等着，从不肯舍弃。

是因为爱吗？因为他爱她如生命，所以不能轻易放手？可是以他护短的性子又为什么没去为她复仇呢？

我怎么都想不明白。

"花痴！"常休冷斥一声，扭过头一副不想与琉心为伍的样子，琉心见他脸色不悦，又凑过去逗他。

我看着他们俩，不禁觉得好笑，仿佛从他们两人看到了我和玖非夜，曾几何时，我也像琉心这样逗过玖非夜开心，遗憾的是他并没有笑。

"据我所知，你一直和玖非夜住在一起，为什么突然搬到这里，是发生什么事了吗？"常休忽然问道，深蓝色的眼底藏着让人无所遁形的敏锐和关心。

　　我一噎，说起这还真是有些窘迫，我情不自禁地又想起那天洗澡的事……脸皮不禁微微一红。

　　自从那天洗澡被玖非夜看到之后，他就将我的东西全部从那间房搬到了这里，看我一眼他都脸红，还哪敢再绑着我睡一张床铺，而且不止如此，我发现他说话也比以往温柔了很多。

　　我不禁感慨，男女差距也太大了，还是做女生好啊！早知如此，当初来碧霄山时我就隐藏身份，化成姑娘家混进来了，搞不好混元镜早就弄到手了，毕竟我还是有点儿姿色的，来几场粗糙的美人计应该不在话下。

　　"这有什么奇怪的，两个老爷们在一起睡腻了，换个地方清静清静。"我还没回答，琉心就一副很懂的样子，对我连抛几个媚眼。

　　我哭笑不得，睡腻了这个词……是不是用得有点儿不恰当啊？常休脸色一黑，显然不认同她的说法。

　　琉心看了看我，开始对我施展"义务教育"："云冬，你让我说你什么好啊，没事跑去招惹洛天雪干吗，你是嫌自己活得太久了是吧？"

　　我一听这名字，就知道她是在说那位红衣仙女，于是忙将她按在椅上，郑重其事地问道："琉心，洛天雪到底是什么人？"

　　"问我你就问对人了！"琉心信心满满地道，眼神朝我一瞥，"她可是仙界鼎鼎大名的天雪上仙，几百年前突然飞升，为人十分冷酷，听说手段也很毒辣，飞升之前手上沾了不少鲜血，修为可是高出你很多呢，而且人家现在还有太子殿下罩着，你没事离她远点儿。"

　　我听了有些错愕，对于太子罩她一事既让人出乎意料，又觉得是在情理之中。如果不是太子心有偏袒，洛天雪哪里敢明目张胆地在正宁宫行那等触犯天条之事，还强行吸走我的灵力。

"琉心，你帮我查查洛天雪，她在飞升之前是什么身份？"我想知道洛天雪有没有可能是石灵的转生？

这个任务交给琉心再适合不过了，我相信她很快就能帮我查出来。琉心自然乐不可支，连碧霄山都待不住了，身子一扭就爬上天庭去"干活"了。等琉心走了，常休才转过头，以一种逼视的姿态盯着我。

我知道瞒不住他，只好将洗澡之事一五一十地交代了，常休听完我的陈述，脸色白了一瞬，好看的眉头越皱越紧，咬着牙就要替我去出气，我赶紧将他拉住，让他不要把事情闹大，不然我的女儿身就要暴露了。

常休见我执意不许，只好强忍下怒气，沉吟了片刻后，才缓声道："虽然玖非夜不是什么好人，但他是个正人君子，不会把你的秘密说出去的，只是你以后在碧霄山要注意一些，有什么事就叫我。"

我点点头，交了常休这个朋友还是很靠得住的，虽然最开始时他把我打得那么惨，不过也算不打不相识。

常休看了眼外面的天色，似是有什么事要去做，坐了一会儿就走了，临走前，我想起曾经夜探玖非夜神志的时候发现的秘密，到现在也没有研究出一个所以然。常休非常聪明，他又曾在司命老头儿座下数百年，兴许能解决我的疑惑。

于是我一把抓着他问："呆子，这世间有没有人心脏与常人是不同的，或者说没有心？"

常休眸光飞闪，怔了一下才道："这世间没有无心之人，只有心被狗吃了的人。"

我狂汗，想了想后换一种方式问："你知不知道，有没有一个人的心不是鲜活的心脏，而是红莲业火？"

常休紧盯着我，像是要在我脸上看出一朵花来，良久之后，才回答了我的问题："有啊，有一个人，一万年前的未渊上神，他修为臻至化境，隐居苍穹之巅，他心口流淌的不是血，而是燃烧的红莲业火，四海八荒也唯有他一人，可惜他已经死了。"

未渊上神我知道，他是四海八荒的一个传奇，一万年前仙与妖发生过一次大战，他为救天庭，在那场大战中消逝了。

常休说的没错，他死了……

可说到这个始祖级的上神，不知为何，我脑海里却浮现出了玖非夜的身影。

第五章

神君让我抱个大腿吧

人间有句俗话说：是福不是祸，是祸躲不过；还有句叫躲得了初一，躲不过十五，眼下我就陷入了这样悲惨的境遇里。

我躲着太子一直不肯去天宫报到，却不想太子竟派人半夜三更来找我，幸好现在与玖非夜已经分房睡了，要不然让太子知道，岂不是死定了？

我打了个呵欠，起身蹑手蹑脚地出门，外面黑黢黢一片，所有妖都已经睡了，只有头顶零碎的星芒和稀疏的月光还在认真地工作，夜色中有两名白衣仙侍立在一块大大的云朵中，垂眸低望着我。

我飞身上去，走到两人跟前："殿下怎么会突然来寻我，侍者可知是什么事情？"

"不知。"白衣仙侍摇摇头，又朝前做了一个请的姿势，"太子殿下就在前面不远处，少主去后自然就明白了。"

问了也是白问，我便也不再多说，随在两人身后去找帝涟月。行了一阵云后，碧霄山已经隐在深夜里再也看不见，而前方却逐渐可以看到闪烁的宫灯，再近一点儿，可以看到不远处停着一辆四匹白马拉着的翡翠夜光车，夜光车在漆黑的夜里发出璀亮的光芒，车的周围还有四名白衣仙侍前后而立。

夜光车的车帘早已经被拉开，一身紫袍的太子就坐在那里面，他骨节分明的手正在为自己斟茶，见我行云过来，他朝我招了招手。

我瞟了瞟华丽的天车，站在宫灯下踟蹰着不敢进，这可是太子的座驾，

我一个法力低微的小仙还是算了吧，坐了怕短寿。

帝涟月眸光轻抬，看着我淡淡道："怎么不进来？"虽是问句，可他的眼神里已经有了不容置疑的命令。

我僵了一会儿，还是厚着脸钻了进去，全三界中能有此殊荣的，大抵也就只有我一个了，短寿就短寿吧，环视一遍车里金贵的装饰，我暗暗咂舌，太子果然是太子。

"太子殿下，您这么急着找小仙，不知是有什么事情要吩咐？"虽知道大概是因为什么，我却还是装傻再确认一遍。

帝涟月伸手一拂，将天丝帘放了下来，这才淡淡转头看着我，不答反问："你没有什么要与我说的吗？"

说什么，说我被玖非夜看光了吗？说我其实是个女的？借我天大的胆子我也不敢说，若让太子知道真相，我保证他能当场把我掐死。

"太子殿下想知道什么？"我琢磨着把话题引开，"小仙……还没有找到混元镜在哪里。"

帝涟月将面前的茶盏推到我面前，慢慢说道："云冬，你虽然法力浅薄，却素来机灵，所以才派你去碧霄山，在碧霄山这么久，想必你已经知道关于石灵的事情了吧？"

我预感太子接下来的话一定会让我震惊，所以点点头，把那盏茶喝干压压惊，并没有开口。果然太子神色一正，肃然道："我让你去碧霄山，并不只是寻找混元镜的下落，还要你将玖非夜从堕仙引入正途，石灵的死，玖非夜一直认为是我从中操纵，所以对我恨之入骨。之前没有告诉你，是因为怕你不能完成任务，知道得越多，越难取得玖非夜的信任，如今看情况，你已

经获得他的庇护，所以也是时候告诉你这些事情了。"

我觉得脑子里一片混乱，消息太多让我一时间转不过弯来了，良久之后，才摸着脑袋问："太子殿下，为什么？"为什么突然要我把玖非夜引入正途？

在我看来，玖非夜根本就没有误入歧途，他虽然堕了仙，但他的内心还是那么理智善良，只不过多了一个堕仙称号和一个堕仙印记而已，一个称号又有什么关系呢？

比起仙界来，他更喜欢的是碧霄山上自由自在的生活，只要他的心不变，生活在哪里又有什么区别。

帝涟月面无表情地看着我，冷淡地道："因为人劫将至。"

大劫？我想起之前琉心说过的话，先前没当回事儿，现在看来一定是司命老头儿卜算出了这个大劫，所以才去天宫与太子相商。

"这个大劫是与玖非夜有关的吗？"我试探地问。

帝涟月依旧面无表情，可眼神中却掠过一抹凉光，幽然道："也许是，也许不是。"

我发现我被太子绕糊涂了，想了半天也没想明白这其中牵扯的利害，不过却有一件事让我心如擂鼓，没有人知道心里怀揣着一个天底下最大的秘密是一种什么感受，之前是不敢说，现在太子说到大劫，这个秘密与大劫有没有关我不确定，但我的直觉告诉我，这件事肯定不简单。

女人的直觉，宁可信其有，不可信其无。

我吞了吞口水，盯着太子看了一会儿，又抿了几口茶壮胆，挣扎了许久，才缓缓道："太子殿下，小仙查探过玖非夜的神志，里面没有关于混元

镜的事情，但是我却发现了另外一个秘密。"

帝涟月目光一动，似有些意外，却并没有说话，只是看着我，示意我继续说下去。我下意识地朝周围望了一眼，探身过去低声道："小仙发现玖非夜没有心，他的心口是一颗燃烧的红莲业火！"

帝涟月立即眸色一变，一把捏碎了手中的茶盏，鲜血从他紧握的拳中溢了出来，我大吃一惊，连忙取出帕子要给他包扎，却被他抬手制止，他若有所思地垂下头，良久后才再抬起来。

"你确定？"帝涟月向来清冷的音色中有一丝低低的颤抖。

我没想过太子的反应会这么激烈，却仍是认真地点头，隔着这么近的距离，我看清他脸上一刹而过的惊异，分明还有满腹疑窦，却在片刻后又渐渐冷静下来，平淡得仿佛早就知道了这个秘密。

"太子殿下，自古以来，只有未渊上神的心是红莲业火，玖非夜与他……"我说出压在心头的猜测，睁大眼睛努力辨认着太子的表情，他这张面瘫脸，不仔细看，是很难发现细微变化的。

由于太专注，不知不觉我就与他越靠越近，帝涟月伸出一根手指按住我的脑门，将我往后一推："未渊是未渊，他是他，这件事你不许再对任何人说，也不许瞎猜！"他厉声斥我。

我摸着鼻子不吭声。

不对人说可以啊，可这好奇心我哪里控制得住？况且又是关于玖非夜的，有时间一定要想办法弄清楚。

"云冬，不论你用什么方法，我要你让玖非夜放弃寻找石灵，永远忘了她！"最后，帝涟月对我这样说。

　　我好像有点儿懂了太子的忧虑，只要玖非夜放弃了石灵，他才有可能放下仇恨，也才有可能回归仙界，只是我不明白，太子为什么这么执着于让玖非夜回仙界。

　　当然，摆在我面前最重要的一个问题是——玖非夜深爱着石灵，要让他把石灵忘记，这简直比让石灵复活还难！

　　我见太子闭上眼睛不再说话，于是掀开天丝帘跳了出去，才刚落地就见前方三尺之处立着一道寂寥的身影，当我看清他的模样时，整个人忽然间如坠冰窖。

　　"玖非夜，你怎么……会来？"我愕然地怔在那里，手指在袖中不停颤动，一时间竟惊慌得有些不能自己。

　　我没想到，我万万没想到玖非夜他会跟来，他来了多久？方才的谈话他听到了多少？

　　我看向周围，六名仙侍保持着震惊的神色一动不动，想必是看到玖非夜前来准备报备，可还没行动就被玖非夜给全部定住了，那么他一定来了很久。

　　帝涟月听到声音，也从车上走了下来，看到对面满面寒霜的人，也是一阵错愕："你都听到了？"他扫一眼四周，抬手解了六名仙侍身上的法术。

　　"太子殿下，这妖魔……"侍者想说什么，被帝涟月抬手制止。

　　玖非夜没有回答帝涟月，他看着我，眼底的情绪有震惊、沉痛、愤怒还有凌乱，是那样的匪夷所思，他说："扶桑云冬，你好狠！"语含讥讽，带着从未有过的淡漠和疏离。

　　这三个字，以及他冰冷的眼神，就像一把锋利的刀子，在我心上狠狠地

扎了一下。玖非夜不是这样的，不是这样的……我拼命地呐喊，嘴巴却仿佛被点了穴，怎么也发不出声音。

玖非夜却不再看我，转而面向帝涟月，冷冷一笑："帝涟月，你凭什么要我忘记石灵，凭你太子的身份吗？很可惜我从来没把这个身份放在眼里！"

"你以为没有了石灵，我就会乖乖做你们仙界的傀儡？你忘了是谁把我以妖的名义打入万丈深渊，又是谁让我一出生就尝受了百年的牢狱之灾！几千年来，你们加诸在我身上的痛楚，我一刻都没有忘记，也不会忘！终有一天，我要把这些痛楚百倍、千倍地还给你们！"玖非夜眼神冰冷，浑身怒火高涨，额间的火色印迹忽明忽暗，仿佛一瞬间变成了邪魔。我难以置信地看着他，全身止不住地颤抖，我不是第一次看到他发怒了，却是第一次感受到他身上强烈到决绝的滔天怨恨。

从来都不知他曾经受过那么多的伤害，甚至一出生就尝受了百年牢狱，是帝涟月吗？不，不可能，帝涟月与他年岁是一样大的，玖非夜刚出生时，帝涟月应该还只是个婴孩，那么到底是谁这么残忍？

当年到底发生了什么事？

我站在那里不知所措，玖非夜紫色的眸子沉得几乎要滴血，他的目光一寸寸转过来，再落在我身上，暴怒且悲伤地看着我："还有你！扶桑云冬，你为什么要骗我？"

我想说我不是有意欺瞒，想说我只是寻找混元镜，从来没有想过要伤害他，可我张了张口，却一个字也说不出来，我就像凡间的寡妇被人捉奸在床一样，哪怕什么也没干，却已经没有脸再面对世人，此刻的我，百口莫辩。

　　我记得去凡间找林白玉时，他曾经对我说过——

　　如果让我知道你是帝涟月派来的，我一定让你生不如死！

　　生不如死……

　　这四个字在我耳边呼啸着回响，那一霎，我像被人打入万丈深渊，一颗心重重地往黑暗深处跌落，一直往下沉。我不知道他与帝涟月之间有着这么深重的怨怼与仇恨，在他看来，我只要是与帝涟月有关系，就已经站在了他的对立面。

　　虽不杀伯仁，伯仁却因我而死，这或许就是我带给他最大的伤害吧。

　　可是看到他那么痛苦，我突然觉得从未有过的害怕，我不想，也不要玖非夜恨我，这么长时间的相处，我很明白他并不是旁人眼中的恶人，正因为明白，我越发不想失去他。

　　是的，不想失去……我不愿意失去玖非夜！

　　"玖非夜，对不起，事情不是你想象的那样……"我试图跟他解释。

　　玖非夜却嘲讽地将我打断："不是我想的那样？扶桑云冬，你知道我是怎样想的吗？"我以为他要说些什么，却见他苦涩一笑，望着我的目光尽是冷峭漠然，忽又狠厉起来，"我以前就是对你太好了，才让你敢这样对我为所欲为！"

　　"玖非夜，你莫要怪云冬，是我让他这么做的，他不过是听从我的命令行事……"帝涟月见事态发展脱离控制，于是将责任全部揽在自己身上。

　　"你闭嘴！我不需要你解释为什么把扶桑云冬放在我身边，一千年前，你向玉帝告密杀害石灵的时候，我就想杀了你，如今你又利用扶桑云冬来伤害我，帝涟月，我没办法再放过你！"

玖非夜仿佛懒得再听帝涟月开口，眉心火色印迹蓦地射出一道红光打向帝涟月，趁他闪身避开的瞬间，右手一伸，一柄燃烧着红莲业火的长剑慢慢从他手中衍化出来，红莲业火中还夹着幽蓝的狐火，他往半空中一跃，凌空狠狠地朝我们劈了下来。

除了三昧真火，这两种火焰是最为厉害的，哪怕是神仙被烧中，也很难用仙法脱身，仙力稍弱的就只有死路一条。

"太子殿下！"周围六名仙侍齐齐惊呼，迅速飞身挡住帝涟月，带着他往旁边一闪，虽然速度极快，几人依然被猛烈的边焰烧伤。

我愣愣地看着这一切，也没想过要去躲，巨大而诡异的火光像一条张着血盆大口的长龙从高空俯冲而下，我已经感到灼热的疼，帝涟月焦急地喊了一声，想要冲过来救我，却已是来不及。

玖非夜见我不躲，面色忽地激变，一股磅礴之力从他体内飞速溢出，整个人突然白光大闪，背后猛地延伸出九条一模一样的白色狐尾，长长地铺展到半空，那些狐尾以一种常人难以看清的速度在剑劈到我身上的那一刻，闪电般将我卷向空中。

一阵惊天动地的巨响！

我在半空中回头一望，之前身后的那辆夜光天车眨眼间被劈成了两半，熊熊燃烧起来，幽蓝与火红相交的火焰冲天而起，将漫漫黑夜照得恍如白日，不到片刻，就将天车烧得一干二净，连一丝灰烬都没有剩下。

玖非夜抬头，目光复杂地望了我一眼。这是他的妖身——九尾天狐，我抓着他的狐尾，看着他仙不是仙、妖不像妖的样子，心里顿时疼痛难忍。

他方才说过谁以妖的名义将他打入万丈深渊，那么想来他一定很讨厌看

到自己妖化的样子，除了第一次在落霞山他受伤我见过一次，自到碧霄山这么长的时日，我从来没见过他妖化，可刚刚箭在弦上千钧一发，他却宁愿妖化也要护我周全。

玖非夜，你还是在乎我的对不对？你舍不得伤我……喉头一热，我的眼泪控制不住地夺眶而出。

"大胆妖魔！不仅对太子殿下动杀念，还敢烧太子殿下的天车！"眼见天车被烧毁了，仙侍们愤愤不平地怒喝道。

眉间堕仙印迹暗沉如血，玖非夜像要应了他们那句"妖魔"二字，竟缓缓露出一丝妖邪之笑："一个天车就心疼了？你们太子杀人的时候可是从不手软！"

他飘在半空中，浑身戾气大涨，连周围的云层都不敢靠过来，帝涟月就那样安静地望着他的变化，神情讳莫如深，面无表情的脸上一丝情绪也看不出来。

片刻之后，他才缓缓道："玖非夜，你的执念太深，如果石灵她还在，也不想看到你这样。"

"你不要跟我提她！"玖非夜狭长的紫眼微微一眯，一抹锐利迸射而出，"死了就是死了，没有什么如果，即便她在，我与你的恩怨也永远不会消失！"

他说着，提着长剑又要攻击，他现在已经满身邪气，我怕他一个不慎真的闹出人命，连忙朝六名仙侍道："你们快带太子殿下离开！"

六名仙侍反应过来，撤身要护帝涟月走，帝涟月却反手拦住："你不用担心，如果他真的想杀我，用不着等一千年。"

是，太子说的没错，玖非夜如果真想复仇，这么多年他早就找机会下手了，只是我所担心的却又并不止这些。如果今夜在这里真的让太子出了事，哪怕只是让太子受伤，那玖非夜就是与整个仙界为敌，纵然他修为再高，也总有防不胜防的时候，这是我最不想看到的。

我见玖非夜手中的剑高高举起，飞快地一把抱住他的狐尾，冲帝涟月喊道："太子殿下，你一定要逼着他往魔道越陷越深，越走越远吗？"

帝涟月一怔，看了我一眼，这才转身带着人迅速离开。玖非夜的那一剑劈了个空，夺目的火焰仿若流星，在夜色下划出一道长长的弧线。

他还想再追，我被卷在他的狐尾里施展不开，只好提着气一口咬在他的尾巴上，他尾巴晃了晃，脚步果然停下，虽然这一口对他来说不痛不痒，但他还是回过头来看我。

"普天之下，敢咬我的人，也只有你。"他的语气带着一抹苍凉，像是叹又像是恨，我听不太出来。

收起长剑，他狐尾一松，将我从高空狠狠地丢了下来，眉心火色印迹渐渐消退，狐尾也消失隐藏，他又恢复到了俊美诱人的模样，可神情间却已不见关心温柔，那双眼睛沁满了霜雪，冰冷到了极点。

"你方才为什么不躲？如果我不救你，你就会像那辆天车一样消失在这个世间！"他表情一冷，"还是你认为，你在我心里很重要？我告诉你，扶桑云冬，我救你，只是因为不想你死得那么痛快！"

他的一席话，句句掷在我心上，像一把尖刀在我心口不停地剜着，我喉头一甜，一股腥味急往上冲，狠狠一压，我将鲜血又咽了回去，望着近在咫尺的他涩笑道："我没有那么认为，我只是觉得，如果把我劈成两半能让你

解恨消气的话，也是值得的。"

玖非夜怔了片刻，忽然冷笑道："不用再说这些冠冕堂皇的话了，你就是个骗子！你骗了我，骗了碧霄山所有的人！"

"玖非夜，也许我一开始确实欺瞒了你，可我从来没想过要伤害你们，我只是想要找到混元镜，我……和你们在一起生活，很开心，我还想……"我还想和你们继续生活下去，可这样的话，我却怎么也没有勇气说出来了。

"开心？"玖非夜咀嚼着这两个字，看着我像看着一个陌生人，"云冬，早在你来碧霄山的第一天我就知道你是有目的的，可我还是让你留了下来。你回仙界替常休找解药的那次，我就怀疑你了，我问你，你却告诉我来碧霄山只为避难，我带你去参加仙宴会，就是想知道你到碧霄山的目的是否与帝涟月有关，虽然心里疑窦，可见你伤得那么严重，我便不忍心再怀疑你，我明知你在骗我，可我依然愿意信你，我甚至还想，如果你愿意，就这么一直住着，多好。"

他自嘲一笑，转身就要离去："扶桑云冬，你不要再回碧霄山了，从现在开始，你与我们再无瓜葛！"

他的背影决绝而冷漠，我心下一惊，飞速上前抓住他的衣袖，哀求道："玖非夜，你不要赶我走，我不会再欺瞒你了，也不会逼你忘记石灵，混元镜我也不要了，你不要赶我走……"

说着说着，我喉咙哽咽，已经带了绝望的哭腔。

玖非夜挥手甩开我，手指一动，在我与他之间划出一道透明屏障："混元镜不在碧霄山，它生长在天眼门里，天眼门可以随意移动，它可以在任何地方，一万年前未渊将混元镜封印在天眼门后，它就再没有出现过。"

"扶桑云冬，你回落霞山吧，从今往后，不许再踏进碧霄山一步，如果有一天我们为敌，我可能不会再手下留情！"他说完，头也不回地走了。

如果有一天我们为敌，我可能不会再手下留情！

他说得多么绝情，仿佛我在他心中连个陌生人都不如……我浑身一颤，僵在空中的手竟半晌都忘了收回来。

他一头银发在夜色中很是好看，长风吹起他的发丝和衣摆，飘袂而决然，从背后望去，修长的身影凄凉又荒芜。

我哭喊着，又拼命拍打着透明屏障，却怎么也冲不破，直到我声嘶力竭再也拍不动了，才双膝一弯，任凭鲜血从口中溢了出来。

我想起曾在呆子的书里看过的一句话——由爱故生忧，由爱故生怖。我这样恐惧难过，是不是因为已经喜欢上他了？

回到落霞山的生活没有想象中那么快乐，我娘逼问了我所有事情的来龙去脉，最后给我下了一个结论，她觉得玖非夜很适合做落霞山的女婿，因为下回如果妖王再来骚扰，有了这么个靠山就再不用怕了，还要我用力抱紧玖非夜的大腿。

可我没有告诉我娘，我跟玖非夜那厮玩掰了，是被人家灰溜溜赶回落霞山的，我要是敢抱他大腿，他一定会砍了我的手，想想就觉得疼。

落霞山的灵气很鼎盛，我每天固元打坐，安安静静地疗伤，之前被玖非夜红莲业火的余热烧灼，加上后面急火攻心，损到了心脉，调养了好些天才彻底治愈，疗完伤后我就开始闲得难受了。

就在我百无聊赖之际，琉心终于来找我了，她告诉了我关于洛天雪的身

世，原来洛天雪竟然是羽族的人，羽族是神的后代，生而为神。难怪她敢那么嚣张，难怪手上即使沾了鲜血也能晋升成为上仙，既然她是羽族之人，那么她与石灵应该就没有关系了。

可她为什么与石灵长得那样相像？我想了很久都没有想通这个问题。

这天闲来无事我准备偷偷回碧霄山看看，走了这么久也不知道大家都怎么样了，玖非夜自从我离开后就一点儿音讯都没有，也不知道午夜梦回，他有没有想过我们曾一起度过的时光，哪怕仅仅只有一刻？

算了，还是不要奢望了，他现在对我恨之入骨，没如他所说的让我生不如死，已经很不错了，可是他那样决绝地与我划清界限，从此陌路，比让我生不如死还叫人难过。

我趁夜深来到了玖非夜的院门外，大家都进入了梦乡，玖非夜的房里也漆黑一片，想必也已睡下。他的院子有三进三出，我怕他发现，就只敢走到第二道门的耳房悄悄朝里张望。

这时，却忽见一缕红烟柔软地从玖非夜房里飘了出来，化成一个黑衣长发的女子，她脸上戴着面纱，我看不清是谁，只看她手里拿着一样东西，从第三道门侧一掠而过，然后身影飞向天际。

我没想到这天底下竟然还有人敢如此胆大包天地去玖非夜房里偷东西，真是勇气可嘉，我摇头暗叹着，也跟着追了过去，趁她飞了一截路准备化身时，甩出一道仙法瞬间将她从空中打落下来。

那女子可能没料到有人搞偷袭，身子一个翻转跌落在地，手中的东西也掉在一旁，她抬头望来，在看清我的面容时眼神一变，伸手就是一道凶狠至极的法术，她修习的仙法太过刚猛，而我的仙法却因灵力而生，全是治愈系

的，和她一打全是弊端，没几下就落了下风。

既然打不过，那我就抢回东西逃跑，我打着这个主意一手与她对阵，另一手去拿摊开在地上的画卷，她仿佛察觉到我的意图，一阵阴风扬起，她就将画卷吸了过去。

"仅凭你身上这点儿修为，想跟我斗，还浅得很！"她讥讽一笑，朝我得意地扬了扬手中画卷。

"你修为高又怎样，还不是个小偷！"我鄙视地看着她，使出一招打向她的手腕，她轻松避开，任仙气从她身边擦过去，我趁她松懈，飞上前一把扯下她的面纱。

面纱下的那张脸，不能说熟悉，却是精致如画，对我来说，是格外刻骨铭心的一张脸，这个女子竟然是——洛天雪！

"怎么会是你？"我瞠目结舌。

洛天雪摸着脸一惊，转眼又冷静下来："扶桑云冬，你果真不怕死！知道得太多可不是一件好事！"她疾言厉色，表情变得十分狰狞，五指成爪朝我狠狠一吸。

一股强劲的吸力瞬间就把我带到她面前，我心下又羞又怒，她修的到底是什么法术，怎么感觉跟吸星大法似的，你当我是磁铁啊！

后来我才知道，原来这是羽族的独门仙术，也正因为这样的独门仙术，才酿成了三界一场惊天浩劫，当然这都是后话。

彼时的我只当洛天雪因被我抓包而气急败坏，想杀我灭口，她这么心狠手辣，下手定不会容情，我自然也不会给她情面，拼尽全力要与她一搏。

岂料她却突然住了手，神色仓皇地朝我身后一望，随着她的视线，我也

回头看去，远处宅院里一袭玄光忽闪，从前方急掠而来，眨眼就到了山腹，再到我跟前。

"你怎么在这里？"站在我面前的男子五官绝美，身子修长，正是这些日子以来我日思夜想的人——玖非夜。

他看着我，目光冷淡，静得没有一丝涟漪："你来这里干什么？"

乍一见他的欣喜在看到他眼神里的漠然后顿时灰败下来，就连眼睛也漫上生生涩涩的疼，我强自欢笑，对他道："我只是跟着她来的……"我朝后面的洛天雪一指，转过头看去，身后却哪里还有洛天雪的影子，她早就消失得无影无踪了。

我错愕地睁大眼睛，一时不禁哑然。

玖非夜明显不信，不置可否地道："我说过，不许你再踏进碧霄山一步！还是你根本不把我的话当一回事，非要我给你一点儿教训才甘愿？"

他的话字字如诛，我却无言以对，我从来没想过有一天他会对我这样冷落疏远，哪怕是刚到碧霄山的第一天，哪怕是小时候被我连射三箭，他也从没有这般寡淡，仿佛我在他心中从来都没有存在过，什么都不是。

胸膛里就像有千只蚂蚁啃噬一样，非常难受，我艰涩地眨了眨眼睛，把眼泪逼回去，低声道："玖非夜，你放心，从今往后，我再不会来碧霄山惹你心烦了。"说完，我转身离开。

他说的没错，我从来就没有把他的话放在心上，从前他总是说很多威胁我的话，动不动就要把我大卸八块，时常把要"杀了我"挂在嘴边，可我知道他不会真的动手，我也知道他虽然嘴上不饶人，可在他心里，我一直是他要保护的人，所以从来有恃无恐，而现在呢……

我不再是他要保护的人，我的生与死都与他无关，可是如果感情是随时都能舍弃，随意就能变更的话，他为什么没有忘记石灵，又为什么没有喜欢上我？

我很想问他一句——

玖非夜，你曾经在乎过吗？这样长的时光，很多个日夜，那些点点滴滴你都忘了吗？

一夜无眠，第二天我顶着两个大熊猫眼坐在镜子前发呆，一早上叹了几百口气，再这样下去我一定会得忧郁症。琉心带着零嘴来看我时，我还恍恍然没有回神，直到她把所有零嘴都默默啃完了，扯着我的耳朵狂吼一句："招魂啦！"

我这才施施然看了她一眼："耳朵聋了你赔得起吗？"说完我又一怔，这种嚣张的口气分明就是玖非夜那厮的专业语气，我是什么时候学了来？

可恶的家伙！在我脑子里跑了一晚上，现在还要从我嘴巴里蹦出来，简直分分钟想揍死他一百次！

"玖非夜，你给我等着！"我幻想着若是练成洛天雪那种功力的样子，随手一吸就能把他给抓了过来，看他还敢赶我走，赶到哪里我就把他吸到哪里！

"啪"一声，我突然听到玻璃碎裂的声音，定神一看，原来是我幻想时一巴掌把镜子拍碎了。唉，我大概精神失常了！

"好好的一个娃，怎么就走火入魔了呢？可惜了。"琉心看着我摇头怅叹，"云冬，你说你怎么就断袖了呢？神君大人居然也被你传染成了断袖，

你知道当你和神君同床共枕的消息传开时，仙界有多少仙子想跳楼吗？百花仙子还说要死给神君看的，幸好我把她拉住了。"

说到这里，她话锋又猛地一转，双眼贼亮贼亮地盯着我："不过，云冬，我是支持你的，这芸芸众仙中，也就你们俩有勇气闯破世俗的束缚，敢于走在时代的最前端！改天我让师兄把你们俩的故事写成一本书，你快跟我说说你们之间具体的故事。"

看来我已经被烙上断袖的印迹甩不掉了，完了，这辈子是嫁不出去了。不知怎的，我突然觉得很心酸。

房门被推开，有仙婢进来收拾镜子的碎片，琉心那个八卦的心态自然不会放过任何一个窃取隐私的机会，等仙婢们一走，立刻就对我开始软硬逼供，我只好一五一十全部交代，当然这中间省去了玖非夜发现我是女儿身的事。

末了，还忍不住问道："琉心，他越讨厌我，我就越是想他，你说我是不是有点儿贱？"

琉心摘了几颗桌子上的葡萄放进嘴里，看我的眼神有种窃到国家机密的满足感，淡定地回道："你错了，不是有点儿贱，是很贱！"

好吧，我竟无言以对。

屋外古老的银杏树迎风摇曳，我从窗棂望去，有些树叶打着旋飞落下来。我离开落霞山时，这些树叶还是青色的，现在已经变成了青黄，再过些时日，它就会全部变黄，然后凋落得满地都是，把整个院子都铺成金色的地毯。

到了那个时候，玖非夜应该就已经记不起我是谁了吧？

呸呸呸，怎么又想起他了？难不成我堂堂落霞山少主，没了他还活不了吗？

我正这样想着，屋外的银杏突然疯狂地扭动起枝叶来，正常情况下，这是它感知到危险了，我有些奇怪，这大清早的能有什么危险呢，莫不成是妖王得到消息来落霞山抓我了？

我腾地一下站起身，跑出门一看，视野里是一片轻淡微凉的薄雾，玖非夜立在薄雾之上居高临下地俯视着我，眼睛里还带着一团熊熊燃烧的怒火。

呃……他怎么来了？来接我回碧霄山的吗？可这副我砍了他全家的眼神不太像啊！

"非夜神君，什么风把您给吹来了？幸福来得好突然啊，呵呵呵……有失远迎，有失远迎，快请进快请进！"琉心看到玖非夜，嘴巴笑得都快咧到耳朵后面去了。

可是玖非夜连半个眼神都没给她，从云头轻飘飘落到我面前，劈头就问道："扶桑云冬，把东西给我交出来！"

"什么东西？"我丈二和尚摸不着头脑。

玖非夜的牙齿咬得嘣嘣直响："你偷了什么，你自己不知道吗？"他一把推开我，直接就往屋内走去，力道之大使我差点儿跌了一跤，幸好琉心在旁边扶了我一把。

琉心指着玖非夜的背影，一脸不赞同地问我："你偷他什么了，惹得神君这么生气？"

我翻了个白眼："偷他的心了，你信吗？"我忽然想起昨晚洛天雪手中的那幅画，心里隐隐升起一股不好的预感。

琉心难以置信地张大了嘴："心？怎么偷的？跟我说说，我也想去偷一颗。"

"扶桑云冬，你给我进来！"屋内传来一声怒吼。

他这一声可真够响亮的，把许多仙婢都招了过来，琉心一边拽着我往屋内走，一边挥手将她们赶了下去。

我又翻了个白眼，这都什么人啊，在别人的地盘上还这么嚣张！

屋里的景象凄凉得很，像被什么大部队扫荡了一样，桌子柜子上的东西全都乱七八糟，连衣服也被翻了出来，而且床头这么隐私的地方他都没放过，此时他的手里正拿着一截长长的我用来裹胸的白布。

我面皮一红，忍不住怒道："玖非夜，你是不是疯了！"

"你把画藏到哪里去了？"玖非夜手掌一挥，将裹胸布"啪"地一下甩在我脸上。

这个混球，他他他……竟敢这样羞辱我！

"我没有偷你东西！"我拿下裹胸布，气呼呼地与他对视，"我还当是什么事让您老人家大老远地跑一趟，没想到是来兴师问罪的！我扶桑云冬从来不干偷鸡摸狗的事！"

说完我不禁又有些心虚，偷鸡摸狗什么的毕竟曾经还是干过的，在碧霄山时，我还偷偷潜入过他的神志呢……当然，这个就算是刀架在脖子上我也不会承认的。

玖非夜嗤之以鼻，冷哼道："昨天晚上我都抓到你了，你还想狡辩，你知道那幅画上是谁吗？那上面是石灵，也是石灵在这个世间留下的最后一样东西！"他说到这里，秀美的眉眼间凝起一抹杀人的寒意，"扶桑云冬，以

前没发现你这么厚脸皮啊！"

你才厚脸皮，你全家都厚脸皮！

我握着拳头，努力压抑着胸口翻涌而上的鲜血，生怕自己一个不慎就被他气得脑溢血发作。他果然是来兴师问罪的，昨天晚上明明是洛天雪偷走的画卷，我不过碰巧路过就生生背了这黑锅，可我若是直接告诉他是洛天雪偷的，他肯定不会相信我。

玖非夜脸色铁青，一副对我失望至极的神情："扶桑云冬，我没想到你不仅是帝涟月的眼线，还是个贼！"

贼？他竟然用"贼"这个难堪的字眼来形容我？

"嘣"的一声，我感觉我脑海里有根死死压抑的线轰然断掉了，气血"唰唰"地往上蹿，我一把将裹胸布朝他脸上丢回去，怒火万丈地吼道："玖非夜，我再说一次，我没有偷东西，谁偷你东西谁遭天打雷劈！"

玖非夜把布扒拉下来看了一眼，怔了一瞬，似乎现在才看出来那是什么，脸色有一丝泛红，继而又迅速把布掷到地上，讽笑道："你倒是挺狠，诅咒自己的事都做得出来！"

我内心顿时血溅三尺，手一伸，指着门口大喊道："玖非夜，我不想再看到你，你给我滚！"

玖非夜大概是第一次被人赶，蹙着眉极是不悦地盯着我："你敢……"

"你看我敢不敢！"我抓起地上的东西一样一样往他身上丢，边丢还边咆哮着，"滚！有多远你就给我滚多远！"

玖非夜左闪右躲，最后被我逼得无奈，袖子一拂，黑着脸走了。

他走之后，我一屁股坐在地上什么话也说不出来，只觉得心里有一块好

像空了，风一吹，还有点沁沁的冷。

琉心一直躲在角落里观战，这时才跑出来捡起地上的裹胸布，从一头卷啊卷啊，一直卷到另一头，她愣了下，突然"嘿嘿"奸笑起来："云冬，你们以前晚上一定很激烈吧？居然还喜欢这种虐待式的……好刺激！"

想太多了吧，那只是我的裹胸布！

再说刚刚才发生如此混乱的"战争"，这不是该关注的重点好吗？

我看着琉心一脸挖到八卦的表情，顿觉欲哭无泪，真是个缺心眼儿的臭丫头！

第六章

妖王你好，妖王再见

八百年了，我第一次换上女装，走在人间繁华的街道上，我还有些不自在，左看看右瞟瞟，生怕别人看出我的不适，可也正因为这样，更显得我鬼鬼祟祟不安好心。

很早之前就在呆子的书里看到过，说人间有个习俗，每年末尾都要过一个春节，快到春节的时候就格外热闹，听说晚上还有烟火呢，是以今天我就跑到凡间来散心。街道上果然人山人海，大家都在结伴同游，万家灯火在夜色下美得令人窒息。

我走到一个卖铜镜的小店前，拿起一面镜子上上下下打量自己的女装扮相，第一次给自己打扮，手艺差了点，头发有点松散，连支像样的钗子也没有，而且还是纯素颜，幸好遗传了我家老娘的高颜值，可是……

我一看街上别的姑娘，个个都是花枝招展，粉面桃花，突然觉得颜值高有屁用，会打扮才是真绝色！

"姑娘，别照了，越照越猥琐。"店家见我光看不买，脸色瞬间巴拉下来，不满地嘀咕道，"我的镜子都要被你照破了。"

什么鬼？我可以把这个店家一巴掌打死吗？可以吗？

店家忒不给我面子，赶苍蝇一样地朝我挥起手，对于我这样的"高富帅"来说，简直就是一种羞辱！

"哼，黑店。"我把铜镜重重地甩在他铺上，怎么进来的又怎么走出去

了，很远之后回头看，老板还在心疼地擦着他的镜子。

在凡间我没有认识的人，唯有林府还算得上知晓，虽然他们并不知道我，但在凡间这片广阔的天地里，至少林府我还算熟门熟路，我忽然心血来潮想去看看。

我隐身来到了林白玉的闺房，还是同样的院子，屋内的陈设也没有变，可林大小姐却似乎与以往不一样了，上次看到她，她还提着菜刀要砍死赵青山，那股子泼辣劲煞气十足。今天她竟然让赵青山进她的闺房了，而且安安静静地坐着，轻声细语地和赵青山说话。

"娘子，你的手怎么这么冷，我让人备个暖炉来？"

屋内，灯火如豆，赵青山体贴地握住林白玉的双手，将她拉进怀里抱着。

林白玉的脸上飞起一丝红霞，温柔似水地笑道："就要歇息了，用不着麻烦，相公你还不困吗？"

"本来是困的，听娘子这样一说，我却又不困了。"赵青山坏坏地一笑，"娘子，都说良辰美景莫虚度，不如……"

那长长的尾音听得我一颤，莫非这是要上演限制级的画面了？那我还站在屋顶偷看合适吗？

我扭了扭身准备携云而走，一回头却见暗处一抹玄色身影立在空中，他双手负背，一双深邃的紫眸将我望着，看不出里面隐藏着什么情绪，长风吹起他的银发和衣袍，那画面美得让人眩目。

玖非夜？他怎么在这里……真是冤家路窄！

玖非夜慢慢朝我走来，脚底步步生莲，漫腾的云随着他的步伐翻滚，直

到在我面前站定，他愣了一下："你……这是什么打扮？"

他蹙着眉打量我，好半晌后才迟疑地开口，眼底的神色像是欣喜又像是诧异。我低头瞧了瞧，一袭白衣很自然啊，满头黑发很自然啊，素颜朝天很自然啊，胸也没有裹很自然啊！

"你还是穿回男装吧。"他的眉越蹙越紧。

我有点儿胸闷，胸很闷。

这个混球，就知道他说不出什么好话来！

我尴尬地看了他一眼，转身掠上云头，却听得他略带讥嘲的声音凉凉地传来："一个姑娘家，专门穿成这样跑来凡间看别人夫妻睡觉，脸皮还要不要了！"

要你管啊！自己杵在那里不知道偷看了多久，倒好意思先骂起我不要脸了？啊啊啊，这个可恶的混账！

我怒气冲冲地从屋顶上扑过去，奈何走得太急，忘记隐身了，一脚把别人的屋顶给踩穿了，瓦片啪啪几声碎响，人就从屋内掉了下去。

我心下一惊，想要飞身去抓住点什么东西，手腕却先一步被人拉住了。

"你下去干吗？想要把人吓死？"玖非夜大掌一挥，将下面的瓦片全部吸上来，并让它们迅速恢复原位。虽然这一切都不过是一眨眼的时间，但屋内的林白玉两人还是听到了声音。

我透过虚空往下看去，林白玉正从赵青山的怀里仰起头，满脸疑惑地问道："相公，方才是什么声音？"

赵青山将她抱到梳妆镜前，一点一点拆下她发间的头饰，笑着答道："可能是猫儿半夜里发春了。"

我抬头看着玖非夜……呃，他的脸已经黑了。

看到他的脸色这么臭，我顿时心情变好，也不急着走了，干脆招来一片云，坐在云上看房内的绮丽风景，玖非夜见我如此动作，脸色莫名地更黑了。

"你还不走？"玖非夜磨着牙，压着一丝愠怒。

我不理他，继续望着下面，屋内赵青山正用梳子轻轻地为林白玉梳头，那小心翼翼的模样像是怕把她给碰碎了。

"娘子，你还记得婚宴时喜婆给你梳妆说过的话吗？"赵青山从镜子里看着林白玉羞涩的脸，面带笑容。

林白玉听后佯装嗔怒，继而轻声笑道："一梳梳到尾，二梳白发齐眉，三梳儿孙满地……"她说着，抚着发微微垂下眸子，羞得满面潮红。

赵青山笑弯了眼睛，在她身后一遍遍帮她顺着发，眸光里满是对林白玉的宠溺。我实在没有想到，抽去石灵情丝的林白玉竟是这样一个温柔婉约的女子，一颦一笑间盈若秋水，与赵青山两人举案齐眉，真是羡煞旁人。

下面刹那间安静下来，我和玖非夜也没人说话，玖非夜一直静静地陪我看着，直到赵青山把林白玉抱去了床上，玖非夜才忍无可忍地开口："扶桑云冬，你还想看到什么时候？"

我爱看就看，有你什么事啊！

我白了他一眼，想象接下来会发生的事情，近千年的老面皮也微微红了，可玖非夜这样凶我，我的拧脾气又上来了，脱口而出道："不爱看你先走啊！"

玖非夜紫眸一沉，拿着捆仙索"呼啦"一下把我捆了抓在怀里，对着我

咬牙切齿地斥道："扶桑云冬，你知不知羞！"

"玖非夜，你浑蛋！你又捆我！"我嗷嗷大叫。

玖非夜根本不理会我的挣扎，强行把我带走了。外面街道上依旧热闹非凡，他俊美的身影在人群中恍若天人，只是身上却压制着沉沉的怒意，也不知哪里来的那么大的火气。

该发火的人是我吧！

我停住步子，忽然不走了，玖非夜转回身看着我："做什么？"我挣扎了一下，梗着脖子说："我疼。"

玖非夜目光一动，把捆仙索收了回去。我有些意外他怎么突然变得这么好说话，活动活动身体，我转身朝反方向走去，我可没忘记我们是吵过架的，他还骂我是贼！

"你站住！"他凶巴巴地道。

我没好气地回头："干吗？"

玖非夜的薄唇抿成一条直线，良久才道："带你去看烟花。"

带我去看烟花？这种话像是从他嘴里说出来的吗？我感到十分不可思议。玖非夜却不容我拒绝，径直拉着我就往前面走。

我从来没有看过烟花，只在呆子的书中见过烟花绽放时的描述，听说美得无与伦比。

玖非夜带我赶到湖边时，对岸的烟花已经开始了。一道星光直冲而上，又在半空轰然炸开，一瞬间用生命绽放出所有的美丽，仿若铺天盖地的星斗璀璨了整个天际，那玉树琼花般的绚丽像全天宫的花朵一夜怒放，只可惜这样让人窒息的美太短暂，不过刹那就消逝得无影无踪。

"真的好美！"我摇头感慨，又一阵怅叹，扭头去看玖非夜，却发现他的目光一直聚焦在我脸上，眸子里殷殷切切像有什么就要呼之欲出，见我望过来，又立刻消散了。

"你不是和我恩断义绝了吗，为什么又带我来看烟花？"我不解地问。

玖非夜仰头望着空中，慢慢说道："没有为什么，就是想和你一起来看看。"

呃……他摆出这样一副让人怜惜的表情，又说出这样一番话，弄得我都不知道该不该继续生他的气了。

唉，我真是太善良了。

"是不是以前你和石灵一起来看过？"我试探地问。

玖非夜摇了摇头："我从没有和她一起看过烟花，我也是第一次看。"

为什么我突然觉得有点儿小感动，呜呜呜，扶桑云冬，你就这点儿出息！

我看着他几近完美的侧脸，忽然想起那天晚上他要杀帝涟月时说过的话，他们两人之间因石灵的死隔着很深的仇恨，可除此之外，还有牢狱之灾，这到底是怎么一回事呢。

我张了张口，正准备询问一番，两道身影蓦地从右上方扑将过来，瞬间就蹦到玖非夜跟前："神君，好巧啊，您也来看烟花啊！"

声音中带着无法掩藏的振奋和愉悦，我抬眸一看……妈呀，竟然是琉心和常休！

常休脸色一变，看着我睁大了眼睛，我暗叫一声不好，转身就想脚底抹油，琉心此时也发现了我，扯着我的腰束一把拉了回来，扳正我的脸左捏右

掐，神色由最初的诧异到难以置信，最后又变成惊恐。

"扶桑云冬，你怎么变成女人了？"琉心又是兴奋又是惊悚，那表情简直复杂到难以形容，"而且披头散发的跟个女鬼一样！"

女鬼……你就不能说得含蓄一点儿吗？好歹是我人生中第一次女装啊，好悲哀。

"瞎说，我就是故意穿成这样让神君过过瘾。"我随便扯了个谎。

玖非夜很不雅地白了我一眼，常休的嘴角抽了抽，琉心却全然不信，她比较相信科学，所以伸出手以迅雷不及掩耳的速度一把抓住了我的胸。

我想要挣扎抗拒似乎已经晚了。

"软软的……"她使劲捏了捏，然后发出一串惊天动地的尖叫，"啊啊——"真是匪夷所思，她小小的身体里竟然能发出这样惊天地泣鬼神的悚人叫声，好可怕啊。

我们三人同时捂住了耳朵。

"扶桑云冬，你这个骗子，你骗得我好苦啊。"琉心捂着心口，上前就对我一顿乱打，末了还哭着说，"扶桑云冬，你这个坏丫头，你居然有脸瞒着我八百年！"

"琉心，冷静，冷静啊！"我被她揍得浑身酸疼，刚想站起来安抚一下，却见她的拳头又落了下来，我忙抱住头，"打归打，不许打脸啊！"

"够了！"玖非夜终于看不下去了，一手扯开了琉心，"她本来就长得丑，再被你打下去就难以见人了。"

虽然被他解救了，但就冲这话我也不会感激他的。

"你们……你们早就知道了？"琉心左右观察着玖非夜和常休的表情，

又朝我恨恨地道，"好你个扶桑云冬，你见色忘友，你没心没肺！亏我师父还瞎了眼要把我许配给你，别说你是女人，就算你是男人，我也不会喜欢你的，我这辈子只喜欢师兄一人！"

——啊呀呀，原来小琉心喜欢的人是呆子啊！

她这话一出，全场静默，常休面色一变，整张脸都黑了下来。

琉心自己也意识到说了不该说的，赶紧尴尬地捂住嘴："师兄……"她弱弱地看过去，却见常休那张俊脸拉得比马脸还长。

我轻咳一声，取笑道："琉心，你这是在向呆子表白吗？"

琉心用眼睛剜着我："怎么，你吃醋啊？"

她这脸变得比翻书还快，眨眼就恢复了淡定，横竖都已经说漏嘴了，一副死猪不怕开水烫的样子，"嘿嘿"一笑，攀着我的肩膀："云冬，你该不会是爱上我了吧？"

"你想太多了。"我闷声一笑。

琉心惊讶地睁大眼："莫非，你喜欢的人是太子殿下？"

话落，所有人的视线都齐齐落在我身上，玖非夜眸似含刀，瞅着我杀气腾腾的，仿佛我若敢说一个"是"字，他就会当场把我撕了。

臭丫头，哪壶不开提哪壶，你哪只眼睛看出我喜欢太子了！

我知道这死丫头是故意的，搓了搓手，皮笑肉不笑地道："我宁愿喜欢呆子也不可能喜欢上太子。"

空气静了一霎，我看到他们三人的表情同时激变，常休一惊，两条眉毛蹙得能夹起一只蚊子，玖非夜目光吃人，浑身怒火高涨，琉心则是行动派，冲上来一把掐住我的脖子，阴森森地笑了笑："云冬，原来你喜欢师兄？"

我扶着额头道："我又不是你，我宁愿喜欢玖非夜也不会喜欢上呆子。"

空气又静了一霎，三人的表情像台上的戏子一样，"唰"地又变了。

玖非夜的面色微微一红。

常休本就拉长的脸直接黑成了锅底。

琉心这回满意了，冲过去跑到常休面前做小娘子娇羞状，摇晃着他的手撒娇道："师兄，你别伤心，你还有我呢，我会一直喜欢你的。我生是师兄的人，死是师兄的鬼。"

我们三人同时静默了。

命运簿是记载仙家命运的法物，由司命星君卜算，然后命运簿会自动依照天象将众仙家的命运印刻在命运簿里面，此物由天命而载，谁都无法更改。

虽然玖非夜对我不冷不热，可经历了在人间看烟花那一夜，我知道我对他放心不下来。再说玖非夜和太子之间的对话，以及玖非夜心中的红莲业火一直都是压在我心头的一块硬石。我觉得我大约是魔障了，如果不把这些事弄个水落石出，我相信我肯定会成为史上第一个因想太多而走火入魔的仙子。

光是想想那场景都觉得惨，所以经过慎重考虑，我决定去司命老头儿的藏书阁找命运簿，上面肯定记载了具体细节，说不定还能查到洛天雪的事情呢。

这晚夜色降临后，我偷偷来到了星君殿，藏书阁的方位我听琉心说过，

是以几乎不费吹灰之力，我就轻而易举地潜了进去。

藏书阁大得很，高高的殿宇里面整齐地铺放了上万卷古籍，看到这阵势我不免又有些发愁，命运簿我虽然没见过，但也知道它不可能像普通的古籍一样摆放在柜阁中，要么隐藏在什么阵法中，要么它就是虚空的东西，只应命而现，只有司命老头儿一人能召唤出来？

我想了想，闭上眼睛释放出身体里的灵力，让神志追随着灵力在空中寻梭，果然在空中碰到了一个阵法，那阵法被灵力一触，逐渐在空中显现出来。

我睁开眼睛，施法开始破阵，岂料我才刚飞身上去，就见一道强光从暗处打来，"轰隆"一下撞在阵法上，炸裂的气流顿时如波纹一样朝四处晕开，事情发生得太突然，我被气流震得往后重重地跌落下去。

危急时刻，一道白影飞速过来接住我，扶着我落在地面："你没事吧？"对方说完，看清我的面容后，又微微愣住了。

"是你？"我们俩异口同声地说道。

站在我面前的公子如玉般清透，可不正是之前成全我和玖非夜"断袖之癖"的妖王之子凤幽嘛！

"凤幽，你怎么会在这里？"我讶异地问，若说我来此是动机不纯，那么凤幽身为妖界的小王子，只身来到仙界的星君殿，就更显得心怀不轨了。

凤幽漂亮的唇角微扬，看着我轻轻一笑："我来找命运簿。"

这孩子倒是实诚，我以为要费一番周折才能套出话，结果他竟毫不避讳地就说了出来。

只不过他找命运簿干吗呢，难道上面也记载有妖界的事情？

　　我正思量着，头顶忽地传来了司命老头儿慈祥却欠揍的声音："可是扶桑一族的小子？偷偷摸摸地跑到我的藏书阁做什么？还不出来见我。"

　　这也能知道是我，不愧是算命的，我欲哭无泪。

　　我和凤幽两人对视一眼，身子一跃就从藏书阁的顶窗飞了出去，司命老头儿也不是吃素的，人没过来，他的仙法却拐着弯追逐我们，我们俩在星君殿一通乱窜，好不容易才冲了出去，老头的仙法还在后面紧追不舍。

　　为了摆脱它，我们俩一直朝天宫上面飞，眼看前面有道虚门，我们也不管三七二十一，身影一化就朝里面掠了进去。

　　进去后才发现有些不对劲，里面白蒙蒙的什么也看不见，或者说除了一片白什么也没有，安静得仿佛整个世界都寂灭了。

　　"凤幽，这里是什么地方？"我惴惴地问，回头一看，那道虚门也不见了，只剩下一片惨白。

　　凤幽摇摇头，凝眉抓紧了我的手："别怕，我一定带你出去。"他往前走一步，伸手在空中摸了摸，似乎什么也没有抓到，又五指张开，朝前方飞速打出一道妖法，可依然什么动静都没有。

　　那道妖法就像肉包子打狗，不仅有去无回，还连声犬吠都没有，就那么消失了，我也用仙法试了一次，仍然是同样的效果。

　　我们俩摸索着朝前走了很远，却又好像在原地一样，周围什么都没有变化。

　　"好可怕，难道我们进入了另一个世界？"我不淡定了。

　　凤幽倒是依旧镇静从容，托着腮沉吟了会儿，说道："我听父亲说过，这世间的确还存在一个世界，比三界更广更大，也比三界蕴含的力量更强，

是由天地精华所化的天眼。"

天眼？莫非是……

妈呀，我不敢再往下想。

"快快，马上就要生了！"

冷寂的空间里忽然响起一阵急促的呼喊，我和凤幽同时抬头看，只见白恺如雪的远处突然出现一个奇特的幻影画面，画面里有个美貌女子正痛苦不堪地生娃，无数仙婢仙婆匆匆进来又匆匆出去，步子都急得很。

院子里站着一名剑眉星目的俊朗男子，负手在背，专注地看着里面。

少顷，有仙婆欢喜地跑出来，跪在男子面前道："恭贺仙主，喜得千金。"

"这男子……"凤幽疑惑地问。

"是我爹。"我看着那画面一时惊呆了，吸了吸鼻子，嘴巴一撇，竟然有些想哭，几百年了，我竟然又见到了我爹那英俊不凡的身姿。

这个画面似乎在回放我小时候的事情，我是如何被赐名，是如何长大，如何成为扶桑一族的少主，又是如何女扮男装……

我看得一脑门虚汗，这里到底是什么地方，为啥把我所有的秘密都暴露出来了，跟我有世仇啊！

"云冬……你是女孩子啊。"凤幽转头拿眼睛瞅了瞅我，如沐春风的笑容简直美轮美奂，脸上一副果然如此的表情。

事已至此，我也只得无奈地扭过脸承认道："不瞒你说，我好像确实是个女的。"

凤幽又笑了："嗯，很漂亮也很可爱。"

这话是什么意思？他怎么能那么平静呢？还一直傻笑，脑子是不是不好使？

我猛然想起他妖界小王子的身份，我们俩可是有婚约的，想到这里，我连忙两手抱胸跳开一大步，和他拉开距离，视死如归地道："凤幽，你就算得到我的人，也得不到我的心。"

凤幽嘴角的笑意更明显了，几乎能把人活活迷死："我从不强人所难。"

就在我松一口气的同时，听得他又道："不过我觉得我们挺合适的，从父亲第一次跟我提起你时，我就在想你是什么模样，是什么样的脾性，我想了整整八百年，你早就在我心里了。"

我万分震惊，这表白来得好突然！同时心里也有些五味杂陈，如果凤幽不是妖王的儿子该多好啊，长得这样玉树临风，俊美无匹，还这么深情地来跟我表白，我一定一万个愿意啊。

真是可惜了。

"凤幽，其实我……"

"小心！"

我正想宽慰凤幽，却见凤幽一把揽过我疾速向上飞起，前面我的人生画面消失了，整个白色空间眨眼间就发生了巨大的震荡，一个庞大的旋涡浮在半空中，强劲的吸力以摧枯拉朽之势将我往里面吸去。

凤幽的头发和衣裳在风中猎猎作响，几乎要被撕裂，但他仍然把我紧紧地按在胸前，可那股力量太大了，我的身子不受控制地向上飘起，然后被风缠着往旋涡深处疯狂卷去。

奇怪，这旋涡为什么只吸我，不吸凤幽啊，让他来跟我做个伴啊，太可怕了！

"云冬！"凤幽一声大喝，温暖如春的眸子突然大睁，原本漆黑的底色刹那间变得一片血红，他的头发开始疯长，整个人逐渐妖化。

他从我身边一掠而过，拼死堵住了旋涡风口，而他美丽的长发温柔地把我裹在中央，他伸长手臂，用指尖摸着我的头，笑着说："云冬，别怕。"

"凤幽，你快走，是天眼门开了，这里是天眼门！"我想推开他，却怎么也推不动，妖化的凤幽浑身妖法大涨，我不是对手，再加上我的灵力正在被天眼门的力量一寸寸往外吸，不知道为什么，我莫名地觉得一阵恐慌。

凤幽的音色还是温柔如水："我知道，你若被它吸走，就再也回不来了，我带你走。"他伸手盖住我的眼睛，刹那间全身妖法外泄，我只感到一阵猛烈的磅礴之气，整个人很快就失去了知觉。

在最后的意识消失前，我从他的指缝间往外看，瞳仁里倒映的是凤幽背后铺天盖地的鲜血，以及整个世界地动山摇的壮阔景象。

我醒来时并不在自己的闺房里，而是身在碧霄山，照顾我的人是玖非夜。

他把我按在床上挺尸一样躺了三天，趁着这三天，我也消化了一下外界的信息。琉心来看过我，从她的口中我才得知那日天眼门大开后，是凤幽拼死将我救了出来，并把我送回了落霞山。

但天眼门开启的后遗症太大了，整个天庭乃至妖界都感应到了强烈的震荡，仙界抖得跟筛子一样，众仙包括太子都纷纷赶去，不料却迟了一步，凤

幽已经带着我逃回落霞山，我们一走，天眼门又闭合了。

赶去的众仙家包括太子扑了个空，可司命老头掐指一算，向太子报备说是我开启了天眼门。

"嗯，就是你，你是唯一能开启天眼门的人，也是唯一唤醒混元镜的一把钥匙！"琉心临走前望着我的眼睛还两眼发亮，仿佛我是砧板上的一块稀罕肥肉，"云冬，没看出来啊，你还带着这样重大的使命，啧，好好干，前途一片光明。"

我怎么觉着前途一片黑暗呢……

天眼门的开启让三界都涌上了一阵纷乱和恐慌，很多人都想利用我重新开启天眼门，然后取出封印在里面的混元镜。混元镜乃上古遗物，蕴含翻天之力，可噬神诛邪，这样强悍的力量谁不想拥有。

我活了八百年，从没想过有一天会以这样惨无人道的方式名噪天下！

所以现在全三界的人都在费尽心机地找我，消息一传出去，妖界仙界很多人都跑去落霞山，差点儿把我们家屋顶都给掀了，我娘亲烦不胜烦，居然让玖非夜把我接来了碧霄山。

我的娘啊，您的心可真宽，就不怕我在他手里有个好歹，你们扶桑一族连个传宗接代的人都没有了吗？

不过碧霄山也确实是个清静地儿，原因无他，主要是玖非夜这个魔头恶名在外，放眼三界，还没几个敢来惹他的人，冥月上回来了一次被揍得连妖王都没认出来，现在肯定不敢来了，仙界的老家伙们就更不敢了。

我在这里也乐得自在，只是有些担心凤幽的身体，不知道他如今怎么样了。

"你不是一直在找混元镜吗？天眼门都被你开启了，为什么又没有把混元镜带出来，该不是被凤幽那小子给弄走了吧？"玖非夜也不知从哪里听到是凤幽救了我，这几天就没给过我好脸色，除非不说话，但凡说话就要趁机挖苦凤幽几句。

可怜的凤幽脊梁骨都快被他戳弯了！

"天眼门里什么都没有，哪里来的混元镜。"再说我都差点儿死在里面，哪有心情找法器，太子虽然说了人在器在，人亡器不能亡，可这不是"将在外军令有所不受"嘛。

玖非夜没好气地使劲戳了一下我的额头："你就这么听帝涟月的话，他让你找你就找，那改天他让你去死，你是不是就去死？"

我闷了很久才吐出三个字："没活够。"

玖非夜苦大仇深的脸色这才好看了点儿："你和凤幽又是怎么回事？他为什么会在那儿？"

他的语气中带着明显的质问，我不禁抬头看他："凤公子是……"咦，等等，我总不能说我们俩都是去偷东西的吧？玖非夜那么讨厌贼，还因为那幅画跑到我家去闹腾了的。

我还在琢磨用个什么借口好，玖非夜却发出一声讥笑："公子？他哪里像个公子了，娘娘腔一个！"

他今天是吃了火药吗，怎么感觉像个炮仗一样？凤幽到底哪里得罪他了？

"玖非夜，你不会是在吃醋吧？"我问得颇不确定，毕竟这厮经常不按常理出牌的。

玖非夜眉毛一瞪，揶揄地看着我："扶桑云冬，你是不是很久没照镜子了？"

这混球，我就知道十句里面蹦不出一句好话。

"山主，山主，阎王说让您走趟京城，有个妹子在那里等着您。"桃花精雄渺渺屁颠颠地冲了进来，眼神中还带着一股子"山主威武，妹子遍天下"的骚气。

玖非夜接过阎王发给他的电报快速浏览了几眼，看完后，拽着我"嗖"一下就上了云头。

我还真是命苦，为什么他去泡妞还要带着我去，什么意思啊？

"玖非夜，你考虑下我的感受好吗，你约会干吗要带着我这个电灯泡？"我没忍住，问了出来。

玖非夜瞥我一眼，又抬手戳了我一下，恨铁不成钢地道："谁说我去约会？再说，如果那个爹来了，你能应付得了吗？"

我想了想，也是，我现在可是个炙手可热的"香饽饽"。

方才从渺渺送过来的信息中，我偷看到了石灵两个字，也不知到底会发生什么事，心里忽然就有些不安。不过说到石灵，我不免又想到了洛天雪，那个与石灵一模一样的仙子到底是怎么回事？若说她与石灵毫无干系，那她偷石灵的画做什么呢？

"玖非夜，那个……"我轻咳了一下，"你认识天雪上仙吗？"

玖非夜一副兴趣缺乏的样子："她是谁？"

这个问题问得真好啊，我也不知道她到底是谁！

我斟酌了半晌，还是将自己所知道的一五一十地全告诉了玖非夜，偷画

一事也说了出来，不管他信与不信，我总不能一直替她背着黑锅。

玖非夜听完后沉默了，他含情脉脉地望了我好一会儿，才淡淡道："你怎么不早说？"

我翻个白眼："你也没问啊？"

玖非夜无语，又停了半会儿，抬眸道："你怀疑洛天雪就是石灵的转生？"

我耸耸肩："我倒是想怀疑，可处以天罚的人是不可能进入轮回的，况且石灵是凡人，哪怕转生也不可能变成神。"

说话间，我们已经到了人间，玖非夜没再提问，一直往目的地走去。我们化身成了普通的男女穿梭在凡世热闹的人群中，其实根本不用找，我们要寻的人她就站在前方不远处。

因为她实在太耀眼了！

在那么多人里，她一头简单的发饰和一袭素净的衣裳就像一尘不染的仙子，不，她确实也是仙子——羽族上仙洛天雪，只不过她如今化成了普通人，即使是普通人，她也美得不像话。

如果没猜错的话，她现在的模样应该就是画中石灵的样子，干干净净不沾染半丝尘埃，她站在路中央望着我们笑，显然是认出了我和玖非夜。

"玖非夜，她就是天雪上仙。"我提醒身边的人。

玖非夜置若未闻，良久才回了我一句："不，她是石灵。"他的紫眸讳黯莫名，眨也不眨地看着洛天雪，整个身子都仿佛因震惊过度而僵在了原地。

我也愣住了，洛天雪她化成石灵的样子在这里干什么？难道她真的是石

灵？如果她真的是，为什么在一开始不来找玖非夜相认？

我率先一步走到洛天雪身边，轻声问："天雪上仙这是做什么？"

洛天雪望着我扬唇一笑，无情的眸底却铺展着层层叠叠的寒意："扶桑少主别来无恙，这里是上一世石灵与非夜神君第一次相遇的地方，少主觉得我会做什么？"

她连这个都知道，洛天雪莫非真的是石灵的转生？我难以置信，却又别无他法，因为玖非夜已经抬步走了过来。

趁他还没到，我赶紧压低声音："不管你是不是石灵，你都不能伤害玖非夜。"

"呵，少主对非夜用情至深啊。"她喊得那叫一个肉麻，朝我讥讽一笑，"本来我不想与你为敌，但若你再继续缠着非夜，我就将你的秘密公昭天下。"她说罢，目光下移，往我的胸口狠狠地抠了一眼。

呃……她是怎么发现的？

洛天雪像是看穿了我的疑惑，冷笑道："别问我怎么发现的，也不用谢我替你保守着秘密，今天我还有一份大礼要送给你。"

我还来不及问是什么大礼，玖非夜已经到了身边，洛天雪的脸跟变戏法似的，唰一下就从冷傲无情变得柔情似水，目光盈盈像薄雪晨露，凝结出几滴泪珠子要掉不掉地挂在眼角，当真是叫人怜惜得紧。

天啊，这简直是影后般的演技！

"灵儿……"玖非夜的声音里有一丝前所未有的颤抖，他仿佛是在竭力压制着内心的汹涌，眸子一瞬不瞬地盯着她，像有千言万语要说，出口又只剩一句，"你真的是灵儿？"

洛天雪哽着声音点头，眼角的泪水从脸颊冲刷而下。那一刻，周围一切似乎都安静了下来，整个世界就只有他们两个人，在他们的眼里，也只有彼此。

我在旁边痴怔地看着洛天雪伸出手指摸向玖非夜的脸，一边摸还一边泫然欲泣地道："非夜，你可知我寻了你多久？等了你多久？这一日我盼了多久？"

我忍不住一阵恶寒，她以为她是琼瑶女郎啊！还有玖非夜那张脸我都还没有仔细地摸过，凭什么她可以揉来搓去的！

我兀自生着闷气，大街上人来人往，纷纷朝这边拥过来看热闹，还有人对我指指点点，说我是电灯泡。

你们懂个屁！我也喜欢这个人啊，喜欢到可以为他不顾一切，可他现在就要被别人抢走了，我不能抢回来，难道看看都不行吗！

"玖非夜。"我不是故意要打扰两人的，就是忍不住想喊一喊他，可玖非夜兴许已经沉浸在相认后甜蜜幸福的气氛里，连头也没有侧一下。

说不难过是假的，与他相处这么久，他的好他的坏、他的霸道他的体贴，一点点我都铭记于心，从来都不曾忘记，也不愿意忘记。

我知道，他也对我好，甚至他也在乎我，可我们之间始终横着一个石灵，那是他永远也没办法拔掉的刺，如今石灵又死而重生，这样的惊变一定给了他巨大的冲击。

我看着两人相拥在一起，突然就特别想哭，那种情绪就像咳嗽一样，越想隐藏就越是欲盖弥彰，我甩了甩袖子，故作轻松地从人群中离开，直到走出很远，才蹲在地上放声大哭起来。

也不知道哭了多久，我感觉周围的花草树木似乎变了，空气中很安静也很压抑，我的身前还多了一道高大的黑影，遮住了所有的光线。

"小冬儿，何事叫你伤心成这样？"黑影问，声音粗嘎，语气却宠溺得有些丧心病狂。

我不由得鸡皮疙瘩抖了一地，仰头一看，顿时吓傻了！

眼前的男子一身黑袍，长发盘起，肤色黝黑，眼珠子猩红如血，仿佛要吃人一般，最主要的是他还顶着一张草菅人命的脸对着我贱笑！

妈呀……这不是传说中的妖王吗？

"妖王，你好！妖王，再见！"

我脚下生风，"嗖"地一下夺路而逃。

第七章

眉来眼去就叫缘分

我终究是跑不过妖王，被他给逮了回去。

凤幽看到我眼睛都吓直了，原本躺着的身子呼啦就从床上坐起来，一把将我拉到他身边，挡在前面道："父亲，你为何把云冬带到妖界来？"

妖王别有深意地看了他一眼："你是为了救她才受的伤，如今这伤只有她才能给你治好，她来救你也是理所当然。"

"我的伤不碍事。"凤幽淡淡地道。

妖王抬手弹了弹衣上的灰尘，粗声粗气地说："她若不把你的伤治好，休想离开妖界。"

凤幽一听，往日里的温柔敛去，凝上一丝沉重："既然这样，那便让云冬住在我的殿里。"末了，他又加上一句，语气里有毋庸置疑的坚定，"父亲，你不许伤害云冬。"

妖王挑起半边嘴角贱贱一笑："好。"

我的菩提老祖啊，他又笑了又笑了！我的头皮都禁不住一紧，这样毁天灭地的笑容也只有妖王才能绽放得出来！

我实在搞不明白，他长得这样泯灭人性，到底是怎么生出凤幽这么温柔善良又漂亮可爱的儿子的？

等妖王走后，我立刻抓住凤幽的手给他检查，岂料凤幽像用尽了所有力

气一般，一下子瘫倒在床上，像一摊优雅的烂泥一样虚弱，额头上还沁出大颗大颗的汗珠，他这样子分明表示刚刚一直在强撑。

天眼门开启那天，他难道受了极重的伤？

"凤幽，你伤到哪了？快让我看看！"我心里一急，迫不及待地要掀起他的衣服查看，凤幽一把抓住我不安分的手，喉结一动，胸腔里发出一声轻笑："我没事，就是有点儿累，云冬，我……我要休息一会儿……"

言语刚落，他已经闭上眼睛了，很明显，他不是睡了，而是虚弱地昏过去了。还记得第一次见凤幽时，他白衣飘飘，眉眼带笑，满身尽是清贵之气，是多么雅致秀丽的佳公子，如今他依然白衣飘飘，嘴角也含着微笑，可眉眼间却已有沧桑倦怠之感。

我不禁想起天眼门里最后一眼，他为了救我，拼尽全力倾泻了自己所有的妖法……

凤幽，你这又是何苦呢？你虽知我甚久，可我们不过见了几次面，怎么就愿意为了我不顾性命了呢？

难道我真如桃花精所说，是个扫把星吗？

我在心里狠狠地埋怨着自己。

我找凤幽宫殿的婢子问了问凤幽的情况，然后关起门来开始给凤幽疗伤。我的灵力是与生俱来，亦是天然灵药，胜过许多仙丹妙草，以前落霞山的人有个什么三长两短，都是我亲自出马医治的。

凤幽的整个肺腑都伤了，如果我今日不来，他只怕也撑不了多长日子，虽然痛恨妖王的强硬手段，但这一刻，我却无比感激他。

　　说来也怪，天眼门内走了一遭，我怎么感觉体内的灵力越来越强劲了呢？凤幽这样重的伤在我的灵力治疗下竟然都逐渐好转，这让我十分欣慰，总算没有白白被妖王抓来一趟。

　　"云冬，你用灵力为我疗伤，你的身体承受得住吗？"凤幽对此一直很担心，每天都要询问好几遍。

　　"你这已经是第七十次问我了。"我豪气地拍了拍胸脯，"我好着呢，还可以表演胸口碎大石给你看。"

　　凤幽看着我温柔地笑起来，他笑起来眸子如繁星绽放，仿佛有许多星星碎在他的眼睛里面，好看得不得了。这天上地下，我只在天蓬元帅那里见过这样一双眼睛，每每看到我都会默默地为他点三十二个赞，如今见了凤幽，我再也不羡慕天蓬了，我们凤幽也有啊。

　　而且比天蓬的还要璀璨，望一眼就能让人沉陷在那既浪漫又温暖的深情中。

　　"云冬，我带你去个地方。"凤幽笑着提议。

　　我点点头，眼底露出兴奋，说实话，妖界的景致真的很美，尤其是在凤幽的这块后殿里，凤幽打小便身体不好，这么多年来，他很少走出宫殿，也很少与外界接触，是以他的世界才会这样的单纯和美好。

　　虽然他是妖界的王子，但在我眼里，凤幽是个君子，一个旁人无法企及的君子。

　　来妖界的这十天，我除了给凤幽疗伤，便不时瞎逛打探妖界的出口，结果妖界出口没找到，倒是把凤幽和妖王这两个宫殿给摸了个一清二楚，也不

知妖王是不在还是怎么，居然都不阻拦我。

凤幽没事就喜欢种花，他的后殿方圆几百亩全是各种各样稀奇的花，还有很多我从来没有见过的植物，每天疗完伤，凤幽都会带我去花海里玩。

可这次他带我来的却不是花海，是比花海更远的一个地方，放眼望去是无止境的青草坪，而草坪的上空却是洁白如洗的碧蓝，连一丝云朵都没有。

凤幽拉着我躺在草坪上，还把他的肩膀借给我，让我枕在他的肩胛上，然后他伸出右手在空中轻轻一挥，入眼的颜色忽然就变了，仿佛只是一眨眼间，上空突然就出现了无数的星子，那些星子或蓝或红，各种颜色应有尽有，在头顶这片浩瀚的宇宙之中闪耀着夺人的光芒。

我惊呆了，难道这里又是另一个世界？简直比天眼门里漂亮几千万倍不止呢！

凤幽也许见我懵了，好心地替我解释："这个地方是我自己做的，喜欢吗？"

如果说之前我的嘴里能放下一个鸡蛋，那么现在肯定能放下恐龙蛋了！我看着漫天五颜六色的星斗，对凤幽佩服得五体投地。苍天衍生出来的夜空也只是同一种闪亮的金黄，凤幽这家伙是有多厉害，竟然创造出五颜六色的天空。

而且，现在外面是白天，他竟然能在白天里创造出一片夜空，着实叫人崇拜不已！

"太漂亮了！这里所有的星子都是你一颗颗做出来的吗？凤幽，你太厉害了！简直是我的偶像！"我扑上去一把抱住凤幽，头枕在他的胸口上努力

地蹭啊蹭，使劲揩油。

我原以为凤幽是个正儿八经的君子，却没想到他竟然还是个才华横溢的文艺青年！

"凤幽，你做这个做了多久啊？"我望着满眼的彩色星子问。

"不记得了，只记得从很久很久以前就开始做了，那时候父亲跟我说要我迎娶你为妻，我寻思着要送你一份见面礼，可想了一个晚上也想不到你会喜欢什么。"凤幽说到这里，垂眸略显羞涩地望了我一眼，见我满脸带笑，他也开心地笑了起来，"后来，我去落霞山找你，想问问你喜欢什么，却不意碰上了玖非夜，他正在追杀几个闯入碧霄山的小妖，我见小妖们可怜，便出手救了他们，玖非夜当时在气头上，人都还没看清就一掌把落霞山的神柱给撞倒了，之后被你无意间射了三支灵箭，落入了你们的结界之内。"

我震惊得不知如何是好，原来当年玖非夜竟是与凤幽相对才撞倒了落霞山的神柱，而还在那么早的时候，凤幽就去落霞山找过我了。

"你当时都到了落霞山，为什么没有进去找我呢？"

凤幽眼睛一眨，白皙的面上漾起一丝红晕，回答得相当实诚："因为看到你的那一刻，我就知道要送你什么了，所以就回妖界去做了。"

这孩子，真是太实心眼儿了！

只是当年我一身男装扮相，所有人都认为我是男子，凤幽见到少年的我，为何还要执意送礼物给我，莫非他其实也是个断袖？

我不由得为自己的猜测感到汗颜。

凤幽似是看出我在想什么，嘴角一弯，浅浅一笑："我早就知道你是女

儿身，父亲也知道，在你出生的时候父亲就知道了。"

我因他的话猛地抬起头，妖王在我出生时就知道了？难怪这么多年他一直百折不挠地派人来到处堵我，还放出豪言要我放学路上小心点儿！可怜我还打算把真相瞒着妖王一辈子呢！

晴天霹雳啊！

敢情妖王一直把我当猴耍了，这个心机腹黑男！

"云冬，你别生气，父亲没有说，是怕你知道后会害怕，你本来就已经躲着我了，他怕你知道后就更不愿意见我了。"凤幽慢慢地闭上眼睛，我却听到他发出极轻的一声叹息，"在落霞山的那一日，原本是我先遇上你的，却让玖非夜抢先了一步，让你先认识了他，这也许就是天意。"

他的语气中有几分惋惜和落寞，我不知道该怎么安慰，我也想知道这究竟是造化如此，还是天意弄人，他迟了玖非夜一步，我又何尝不是迟了石灵一步，我们都在心里装了一个人，可这个人却偏偏给不了自己回应。

我低头看向凤幽，却见他不知何时睁开了眼睛，一瞬不瞬地也在看我，眸子里是一汪毫不掩饰的真情，我不敢亵渎这样真诚的一双眼，于是俯下身抱住他，重新把头枕在他的胸膛上。

"凤幽，你说的见面礼到底是什么啊？"我想起他之前的话，不由问道。

凤幽愉悦的声音从头顶悠悠传来："远在天边，近在眼前。"

"难道……是这一片彩色的夜空？"

凤幽含笑点头，我感到不可思议，这个礼物是他数百年的心血凝结而

成，何其贵重，我想象着他一个人安静而寂寥地坐在夜空下，一日复一日地为我编织这样的星斗，是那样的认真，而我却一直在躲他，甚至听到他的名字就退避三舍。

这样的我，何德何能竟得到他如此宠爱！

从小到大，除了我父亲之外，还没有哪个男子像凤幽这样视我如珍宝，我心中大受感动，不禁潸然泪下。

我把鼻涕眼泪一股脑儿地全擦在凤幽的胸口，他的胸口坚实，却很暖和，配合他轻轻拍着我后背的手，擦着擦着，我就不知不觉地睡着了，直到我醒来才想起趴在他胸口时那股奇异的感觉——

凤幽似乎没有心跳！

我被自己这样的念头吓了一跳！

如果没有心跳，人还能活吗？即便他是妖也一样，妖的心跳若是停止，同样也活不成了。

这个问题一直缠绕了我三天，直到第四天后我终于鼓足了勇气，趁着凤幽睡觉后，同上次潜入玖非夜的神志一样，如法炮制，也潜入了凤幽的体内。

才刚进去，我又立刻仓皇地冲了出来，我没想到我也有一言成谶的时候——凤幽不是没有心跳，他是没有心脏！

我好像又知道了什么了不得的事情，玖非夜的红莲业火一事还没弄清楚，凤幽这里直接来了个更劲爆的，居然连整颗心都没有，这简直是天方夜谭，让人难以置信，也让我难以接受这个事实。

没有心脏，这代表什么？又证明什么？即便他现在活着，他又还能活多久？

我站在凤幽的床前，看着他纯净完美的睡颜，看着这个为我动心的男子，身体骤然冷寒如冰，他没有心，却仍是肯为我做到这般，那我呢，我又能为他做些什么？

"你能为他做的有很多。"一道熟悉的声音忽然钻入我的耳朵。

我回头望去，窗口处一股黑色妖气一闪，接着妖王慢悠悠在我面前化成了人形，还是那张草菅人命为所欲为的脸，粗眉浓眼，看上去满身煞气，唯有说话的语气有几分凤幽的轻柔。

但这股轻柔由他嘴里说出来，恶心得让人直掉鸡皮疙瘩！

他说我能为凤幽做很多是什么意思？而且半夜三更的他为什么会出现在这里？这个可疑的老东西到底要干吗？

"你监视我？"我戒备地看着他，这个偷窥狂！

妖王笑呵呵地摇头："非也非也，我恰好路过。"

路过你个大头鬼，以为我傻啊！我对这个答案不以为然。妖王将半边眉毛吊起来，抚摸着自己的长指甲悠然道："在妖界的这些天，看得出来你也是喜欢幽儿的，你肯定也不希望他有事的，对吧？"

"妖王的话我听不明白。"他的话让我全身的毛孔通通竖了起来，不知道他又要弄出什么幺蛾子，我暗自握拳，把每根神经都调整到最佳状态。

妖王扬起嘴角邪恶地一笑："小冬儿年纪还小，听不明白不要紧，有父王在，会让你明白的！"

哎，等等……他说什么？父王？这个不要脸的竟然自称我老爹！

"妖王想认我做干女儿吗？对不起，我不喜欢这么丑的干爹！"我被他的厚颜无耻打败，拿眼珠子恨恨地剜他，一想起他耍了我八百多年，我就气不打一处来！

妖王不怒反笑："喜不喜欢干爹不要紧，喜欢幽儿就行……哎，不对不对，我也没说要做你干爹，等你嫁给我儿子了，你就是我妖王的儿媳妇了，自然就得叫我一声父王了。"

"想得美！我死都不会叫你父王的！也不会做你们妖界的儿媳妇！"我吼得气拔山河，誓要让妖王感受到我"宁可杀不可辱"的决心。

兴许是我的吼声太吓人，床上的凤幽翻了个身，有缓缓转醒的迹象，我正不知所措，妖王竟然袖子一拂就将凤幽给扇晕了。

这个坏蛋，连自己儿子都下得了手！我只恨自己打不过他，不然定要一巴掌把他糊在墙上抠都抠不下来！

"幽儿从小就身体不好，你刚刚也看到了，他生来就没有心脏，所以我很少让他出这座宫殿，我也不知道他到底还能活多久。但我就这么一个儿子，我不想他死，这世间能救他的，或许就只有你了。"

妖王脸上的笑容一点点敛下去，神情变得伤感起来，望着我的眼神里透着几分哀怨，还有几分凄凉："幽儿很喜欢你，在他最后的日子里，我希望你能陪着他，让他开心一点儿，为了能让你名正言顺地待在妖界，我只好让你们尽快成婚了，你放心，这事我都已经安排好了，只要选个良辰吉日拜堂就可以了。"

什么？我瞪大了眼睛，结婚这种终身大事都不用问过我的吗？突然之间我就要结婚了，你让我接受得了吗！

"你——你——你——这是逼良为娼！"我气得直打哆嗦，连话都说不连贯了。

"小冬儿，我这也是为了你们好，早些结婚以免落人口实。"妖王翘嘴一笑，面上的哀伤转眼间就不见了，语气又变回之前的轻柔宠溺，他这副样子让我觉得——

妖王这是用生命在装温柔，明明长着一张丧尽天良的脸，何必要强自己所难呢？何必呢！

"我不怕落人口实，反正我在三界的名声已经臭不可言了，就让暴风雨来得更猛烈一些吧！"我满不在乎地道，"还有，你能不能别叫我小冬儿，我听得难受。"

"扶桑云冬，你就不怕我把你是女儿身的事告诉天下人吗？"妖王脸色激变，凶神恶煞地朝我瞪来，眉宇间杀气尽显，怒喝道，"你没得选择，如果不想跟他成婚，那就跟他陪葬吧！"

他冷冷而笑，身形一闪，眨眼就不见了踪影。

见过善变的！但没见过这么善变的！

妖王同琉心一样，都是属于行动派的，办事效率堪称三界中的战斗机，当天晚上才跟我透露成婚的事，第二天就为我和凤幽选好了所谓的"良辰吉日"，就在五天之后。

　　我和凤幽都懵了！并且一致决定坚决不能成全他心里隐藏的那点儿猥琐勾当！

　　凤幽的伤已经好得差不多了，再过几天即便我走了也应该没什么大碍，至于他的心脏，我得早些逃出去问问司命老头儿，看有没有什么可以解救的办法，是以这几天我削尖了脑袋寻思着离开这里的法子，可妖王却仿佛察觉出了我的心思，居然让冥月把整个妖界的防卫加强了一百倍，也不知道从哪里派来的这么多妖怪。

　　这天，我给凤幽疗完了伤，正坐在殿外的台阶上打坐调息，台阶下两个小丫头端着托盏兴高采烈地走过去，一边聊着八卦还一边对我指指点点。

　　"快看，她就是我们未来的少夫人，长得还挺漂亮的！"

　　"他是个男的，长得再漂亮有什么用！"

　　"你不知道吗？现在越漂亮的口味越独特呢，堕仙玖非夜不就是断袖吗？天庭的太子这么多年没有纳妃，搞不好他也是个断袖呢！"

　　"别瞎说，让少夫人听到了可不得了，我们赶紧去给大王送婴儿血吧，耽误了可是要掉脑袋的！"

　　两人往我这边瞟了几眼，端着东西慢慢走远了，我用杀人的眼神狠狠地剐着她们的背影，恨不能往那背上抠出几个洞来。

　　有史以来，我还是第一次听见这么大声说悄悄话的人，当我耳聋吗？居然还骂我死断袖？

　　好吧，看在玖非夜和太子都被牵连的分上，我就不与她们计较了，毕竟我的胸襟能撑起航空母舰。

不过她们说的有一点我很在意，妖王那老东西要婴儿血做什么？

我记得以前听琉心八卦过，据说上万年前妖王发狂，妖界与仙界发生过一场跨世纪大战，未渊和荒原两位上神拼尽神力相抗，几乎同归于尽，才让妖王神魂俱损，莫非他一直在吸婴儿精血才使得他恢复成如今的样子？

为了自己的性命，他竟然干出这样伤天害理的事情！绝不能忍！

我愤然站起身，身影一化就朝妖王的大殿里飞去，妖王殿建得跟迷宫一样，即使我悄悄来过很多次了，却还是会迷路，好不容易找到了正殿里面，才刚从房梁上跃进去，就被人一把死死地捂住嘴巴按在了地上。

"别出声，否则我弄死你！"一道娇喝在我头顶响起。

我睁大眼睛一看，差点跳脚蹦起来，眼前的人穿着妖界下人的服饰，扎着两个羊角辫，刘海用蝴蝶夹盘起，露出光洁的额头，打扮虽然有点差劲，但这张小脸就算化成灰老子都认得！

——可不是琉心那个芝麻仙！

我再往旁边一看，边上的人亦是一副下人打扮，可那双深蓝色的眼睛却怎么也掩盖不了，浑身上下都透着书生气息，正是许久不见的大作家常休。

猛然在妖王殿里看到这两人，我内心的激动可想而知。我扒开琉心的手，一下子弹起来："呆子，琉心，你们俩怎么在这里？"

"云冬？"琉心和常休异口同声地喊道，满脸都是不可思议，琉心一把抱住我，又哭又笑，"云冬，我总算找到你了，你果然在这里，你吓死我了知不知道！"

我还没说话，琉心猛地又将我推开，甩甩我的手，敲敲我的腿："云

冬，妖王那个老变态没有虐待你吧？"

我摇摇头，按住比我还激动的她，再让她敲下去，我的腿都要断了："琉心，我没事，你们是来寻我的？你们怎么知道我在这里？"那天被妖王抓来时，我的身边一个人都没有，还以为自己不是死定了，就只剩下在妖界孤独终老的这条路，没想到琉心和呆子竟然会寻到这里来，果然是仙界好闺密。

"这里不是说话的地方，我们先离开再说。"关键时刻，还是常休有理智，我们此时正待在妖王殿的正殿里呢，万一把外面的侍卫给招进来或者惊动妖王，那可真就吃不了兜着走了。

我环视了一圈，发现没有妖王的气息，想必他此时不在正殿，不然只怕我们刚进来就被他一掌给呼死了，可是想到之前丫鬟说的婴儿血，我又不甘心就这么离去。

我把事情向两人简单地说明，然后一起在妖王殿里寻找婴儿血或者妖王残害婴儿的蛛丝马迹，柜子、床底、暗格等等可藏物的地方通通都找遍了，只差连地板都给砸穿，却一点可疑的东西都没有找到。

我拍了拍手上的灰尘，正打算起身走开，岂料脚下一动竟然出现了一道狭小的暗格，里面放着一个小匣子，我三两下打开小匣子，里面躺着一柄圆圆的莹光滑亮的镜子，镜面清透得紧，能将人照得格外好看。

我赶紧招呼琉心和呆子过来，三人蹲在地上正准备研究一番，忽听大门"砰"的一声被打开，冥月与妖王大步流星地走了进来，看到我们三人后他先是一愣，继而神情大变，袖子一拂将我们三人打飞了。

冥月走过去捡起掉在地上的镜子递给妖王，妖王仔细地擦了擦重新收进虚鼎之中，抬头再看我时，那种凶狠的目光就仿佛在看一个将死之人，我明确地感觉到，这一刻，妖王动了杀机。

"你好大的胆子！竟敢来妖王殿里盗取大王的东西！"冥月高声怒喝。

"小冬儿，你这是在触犯本座的底线！"妖王勃然大怒，额上青筋毕现，猩红的眸子冷利得仿佛要溢出血来。

他那一击力道太大，我和常休、琉心三人都受了轻伤，即便没受伤，我们三人在这里合力与他相斗，也全然不是他的对手，再加上还有一个心狠手辣的护法冥月。

琉心受了一击，想必心里愤恨，起身正要反攻，我怕妖王看出些什么，在琉心发难之前，连忙一把按住她，爬起来道："我扶桑云冬什么没见过，岂会干出那等苟且之事，不过一面破镜子，谁稀罕！"

呼，我睁眼说瞎话的功力真是越来越炉火纯青了！

"破镜子？"妖王咀嚼着这几个字，目光一闪，忽地冷笑道，"你不稀罕，怎么会在本座的殿里偷偷摸摸？"殿外的风灌进来，妖王的宽大衣摆被吹得向前扬起，配上他不可一世的神情，整个人看上去更像嗜血的恶魔。

"大王息怒，少主是来询问大王成婚事宜的。"常休把头垂下去，弯腰朝妖王作了一个揖，"方才是不小心踩中了机关，才出现了这个暗格，少主只是好奇，才拿出来看了看。"

妖王眸光阴冷地看了常休一眼："你是何人？这里哪有你说话的份，还有你！"他指着琉心，语气相当不善，"身上一点儿妖气都感觉不到，莫不

是本座的妖王殿里混进来了什么不干净的东西？"

他森寒的脸上满是狐疑，冥月察言观色的功力何等了得，见妖王怒火滔天，立即走上前就要查个究竟，我暗叫不妙，连忙上前一步挡在两人身前："他们不过是两个蠢笨的下人，被我拉过来给我带路的，怎么妖王连你自己的人也要怀疑吗？"

兴许那蠢笨二字让琉心不爽了，她在我背后用手使劲掐我的小蛮腰，我脸上堆起的假笑顿时裂了，扭曲得直抽抽。妖王见我这样，目光如刀朝后面凶狠地看去，像一柄弦上待发的利箭："既然是本座的人，那自然是由本座处置，冥月，本座以后都不想再看到他们，你替本座处置了！"

"是，大王。"

冥月方正的脸漫上一层阴霾，手心迅速升起一团黑气打去，我心下大惊，余光瞥见常休指尖凝起妖气也要动手，一旦两人打起来，这事就没办法收场了，我们几人今天谁都别想活着走出这里，我正不知所措，下意识地准备用身体去抵挡。

千钧一发之际，突然一道妖法从外面迅猛地袭来，轰隆一声把冥月的黑气打散，我只觉眼前白光飞闪，凤幽风度翩翩的身影就立在了跟前。

"公子？"冥月看到凤幽不悦的脸，只得收手皱眉往后退了一步。

凤幽没理他，轻轻拉起我的手站在妖王面前，不疾不徐地道："父亲，你答应过我不伤害云冬的。"

妖王血红的眼瞥向我，不置可否："我要杀的是后面那两个！"

凤幽回头看了看常休和琉心，常休他不认识，可琉心他却是知道的，我

正提心吊胆，却听得凤幽用云淡风轻的声音道："他们是我从别处好不容易挑选出来的下人，父亲杀了他们，谁来侍奉我。"

妖王不语，凤幽见他不妥协，俊秀的眉轻轻一拧："父亲，再过几天就是我大婚的日子了，我不想再添杀戮，不吉利。"

他说完也不待妖王作何反应，拉着我率先就走了出去，临出门前，他又回头喊道："你们两个还不走，等着被宰杀吗？"

琉心和常休立即麻溜地奔了出来，妖王可能也觉得不吉利所以并没有出言阻止，看着我们走远，他才进入内殿。

回去后，我们几人聊了很久，我这才知道因为我的失踪外面已经闹翻了天，玖非夜只差把整个仙界都翻过来了，却还是寻不到我的踪影。而常休是无意间从洛天雪口中才得知我的下落，于是便和琉心来妖界救我了。

我当初会被抓来妖界，分明就是洛天雪通风报信的，我被妖王捏在手心，她就可以一个人独霸玖非夜了，再没有人在她眼前碍眼，这不就是她的目的吗？既然这样，她为什么会告诉常休我的下落？

常休看我的眼神像看一个白痴："你还不明白吗？她与妖王早就串通一气，是故意向我走漏风声的，她知道我不会告诉玖非夜，定会一个人来妖界救你，一旦妖王发现我，为免夜长梦多，必然会加快促成你与凤幽的婚事。玖非夜到处找你，她已经很不开心了，只有你和凤幽成了亲，她才会安心。"

"你们觉得洛天雪会是石灵的转生吗？"这是我一直不解的地方。

"很有可能是。"常休沉思了一会儿，低声道，"虽然处以天罚的人会

消失于世间，但凡事总有例外，玖非夜既然能用定魂珠收集了她那么多的情丝和气息，那么她的魂魄也很有可能留下一丝一缕，然后进入轮回转生，最主要的是……"

常休看了我一眼，接着道："最主要的是玖非夜认为她是。"

是的，常休说得没错，只要玖非夜认为她是，那即便她不是也是了。听完这话，我心里浮浮沉沉的，仅存的最后那一点希冀也死寂成灰。原本我以为只要玖非夜看穿洛天雪不是石灵，总有一天他会回到我身边的，可如果她是石灵，我又岂能横刀夺爱。

我堂堂扶桑少主，即使再喜欢一个人，也不会去做一个人人唾弃的小三。

"云冬，你别伤心，不就是帅哥嘛，我再给你介绍一个，天雪上仙竟然敢跟妖王勾结，一看就不是什么好东西。"琉心可能看我情绪低迷，握住我的手安慰我，又把凤幽的手拉过来交叠在一起，笑眯眯地道，"你看，上天多么眷顾你，走了一个非夜神君，又送给你一个超级无敌大暖男帅哥一个，现在我觉得凤公子特别适合你，非夜神君是个睁眼瞎！"

是谁之前一见凤幽就跑得连后脑勺都看不见，这会又说人家是大暖男一枚，转变得可真够快的。

唉，女人心海底针啊！

凤幽倒是不计前嫌，轻浅一笑："你们竟然敢独身闯来妖界救人，就凭你们对云冬的这份心，我也绝不会让你们有事的，至于我与云冬的婚事……"他的眼底掠过一丝黯然，白玉般的手指紧紧地握住我，却仍是笑

道："我知道你心里喜欢的人是玖非夜，不是我，此生我不敢妄想，但愿来世，我能比他早一些遇见你。"

"凤幽……"我反手抓紧他的手，却不知该说些什么，他是这样的好，而我呢……放着他这么好的男人我不要，却偏偏喜欢一个不属于我的，我也是个睁眼瞎，两个睁眼瞎凑在一起还真是天地仅有的绝配，却偏生又凑不到一起。

造化弄人啊！

"凤公子，恕在下鲁莽，有个疑问一直想问问凤公子。"常休秀气的面庞凝起一抹好奇和不耻下问的求知欲："你父亲为什么执意要你娶云冬，难道真如传言中那样，因为对扶桑夫人求而不得，所以便让你娶她的女儿吗？"

话音一落，我和琉心齐齐抬头看向凤幽，却见凤幽眸子微闪，垂下长长的睫羽，盖住里面的满腔落寞："具体为何我也不知道，只听他说云冬是我命中注定的贵人，只有她能医好我的病症。"

他的心脏……看到凤幽这副模样，我的心里也不禁一阵揪疼，我一定要尽快逃出去，看有没有能彻底医治凤幽的法子。

太阳西沉，晚霞的光染红了半边天空，将大殿里也照出一抹绯色，常休望着霞光长长地叹了一口气。琉心咂吧了一下嘴，似是想到了什么，朝凤幽道："妖王方才那么宝贝那块镜子，那个到底是什么东西？"

"镜子？"凤幽眸光一变，"你是说暗格里藏的镜子？"

我们三人望着他同时点头，也不知是不是我看走了眼，恍惚中我竟感觉

凤幽的身体晃了一下，他微抬起头，郑重地道："那不是普通的镜子，是混元镜！"

——混元镜？

我如遭五雷轰顶，浑身剧震，混元镜不是被封印在天眼门吗？怎么会在妖王手里？三界的人为了能得到混元镜，把我们家门槛都快踏破了，却不知这个宝贝早就收进了妖王的囊中！

真是踏破铁鞋无觅处，得来全不费工夫！

第八章

谁说我喜欢她

　　常休那个乌鸦嘴果然说对了，妖王为免事情生变，把我与凤幽的婚事提前了，居然第二天就要我们举行婚礼，见过新郎官娶亲心急的，但没见过身为公公这么猴急的！

　　当真皇帝不急，急死个太监！

　　为了防止我逃跑，妖王还用结界将我软禁了起来，这个可恶的家伙！待我出去一定跟他同归于尽！

　　我心里急成一团乱麻，却只能百无聊赖地坐在榻上发呆，这时，房外响起叩门声，琉心肉麻兮兮的声音从外面传来："两位大哥，我是来给少主送吃食的，吃饱了肚子一会儿才有力气拜堂和洞房呀。"

　　门外的人没有出声，估计和我一样无语，我偏过头，就见琉心端着饭菜走了进来，这个缺心眼儿的丫头，我现在被关在结界里面，连爪子都伸不出去，怎么吃得下饭，虽然我真的有点饿了！

　　琉心关上门，笔直朝我跑过来："云冬，你完了你完了，现在外面一派喜气洋洋，群魔乱舞，都在筹划安排你们的婚……啊！"

　　琉心跑得太急，一股脑儿撞在结界上，额头上瞬间就鼓起一个小包，她幽怨地仰起小脸："扶桑云冬，你个浑蛋，为什么不提醒我有结界！"

　　好像她不知道有结界似的。

　　我懒懒地看着她，递给她一个"让你幸灾乐祸"的表情。

琉心捂着额头站起来，用力踢了一脚结界，她那咬牙切齿的神情仿佛结界是我的肉一样，我白了她一眼："别踢了，等我和凤幽成了亲，我就是妖界少奶奶了，明天就可以让人送你和呆子回仙界。"

"你真要和凤幽成亲？"琉心眉头一挑，两眼刹那间放出贼光，兴致勃勃地趴在结界边上，"原本凤幽打算今天晚上趁人多混乱的时候带我们离开的，听你这么一说，我倒不想走了，凡间有句话说宁拆一座庙，不毁一桩婚，我赞成你这么干！"

她顿了一下，又朝我抛了一个媚眼儿："妖界少奶奶啊，听上去特别高端大气上档次，云冬，你以后也是有身份的人了！"

什么话，说得好像我以前没身份似的，我骄傲地挺起胸膛："我乃堂堂扶桑少主！"

"快拉倒吧，你那窝囊少主……"琉心的表情相当不屑。

这个死丫头，我可以叫人把她又出去吗！

琉心不知想到什么，忽地站在结界外跺了跺脚："哎呀，如果你和凤幽成亲的话，那师兄的新书不是要重写了，他都写到你和非夜神君生儿子了！"这时她的脸上才出现一种叫惋惜的表情，不过也只停留了一秒，下一秒她又生龙活虎地蹦跶出去了。

"我现在就去告诉师兄，让他把新书改一改，让你和凤幽生儿子，生一窝儿子！"

当我是母猪吗？

房门"砰"的一声被关上，我望着那个绝尘而去的背影，默默诅咒她以后生一窝大白菜。话说回来，我从前怎么没发现这丫头这么欠打呢！

原本她溜进来就是给我通风报信的，结果她正事没干，废话了一阵就跑了。

半炷香后，妖王过来收了结界，我以为他善心大发要放人了，没料到他紧随其后就派遣了十几个女妖精来给我梳妆打扮。

打扮就打扮，为什么还要把我用绳子捆起来啊！太过分了！

我肺都快气炸了，妖王这个浑蛋，千万别让我逮着机会溜出去，否则定要把他抽筋扒皮，敲碎了骨头炖汤喝！

"哎哟，你看这小脸蛋美的，生气都让人怜惜得很，少主是嫌弃大王捆得太紧了吧？没事，老奴给少主松松。"一个年纪稍大点的尖下巴妖精走过来，笑着把我身上的绳子放开了数寸。

这个妖精我有些眼熟，好像是平时来给凤幽送水果吃食的那一位，她给我松完后，又吩咐人给我换上了新娘装，她们竟然不松绑，也不脱衣服，直接把新娘装套在我身上。

我眼珠子都快瞪出来了，这样也行？算她们狠！

尖下巴妖精见我脸色不佳，一边往我脸上涂胭脂，一边拼命找话题转移我的注意力："听闻少主曾与堕仙玖非夜同榻而眠，少主应该不是处男了吧？闺房这点儿事想必已经十分清楚，老奴就不交代了，男人与男人虽然与正常夫妻不同，但也就是那么回事，你都懂的。"

不！我不懂！我不是处男，但我还是黄花大闺女，比真金还真的大闺女！

连妖界都知道我与玖非夜的断袖了，肯定是冥月那个没节操的龟精散播出去的，我没想到有一天我的清白竟是毁在我自己手里，天要亡我啊！

　　周围的众妖精都掩嘴而笑，尖下巴妖精可能觉得自己娱乐了众人，也乐不可支，观察了半晌我的脸色，她又开始没事找事："少主的面色好像有些不耐烦，少主有所不知，成亲之事礼节烦琐，哪怕再快也要晚上才可以洞房，少主莫急。"

　　这个老妖精，会不会说话啊？

　　就在我犹豫着要不要一口唾沫把她给淹死的时候，冥月适时地进来了，他穿着黑衣，今日依着喜庆竟也把头发整洁地高高束了起来，还系了两根红色的发带，若是忽略他的麻将脸，倒也算得上玉树临风。

　　他看着我被捆住的窘迫样子，嘴角一撇忍住即现的笑意："没想到少主穿上新娘装还挺像那么回事的，难怪连玖非夜也被你迷得神魂颠倒。"

　　这事他还有脸提，要不是他，我的清白至于碎得捡都捡不起来吗！

　　我冲上去就要用嘴撕咬他，尖下巴妖精连忙一把抱住我："少主切勿动嘴，这大好的日子不能见血腥啊。"

　　她用力把我拉到梳妆镜前，指着镜子里面的人，试图转移我的目光，笑嘻嘻地道："少主你看，新娘子美是不美？"

　　好吧，这次她终于成功转移了我的注意力。

　　我目视前方，镜子里的我一身大红色罗裙，腰系金束，上面缀着八颗宝石，衣襟上也用金纹绣着龙凤呈祥图，三千青丝盘起一个小鬓，上面插着凤钗，后面十根流苏和墨发一起长长地坠在肩背，脸上也化了娇俏的妆容，看上去眉目精致，眸光如水流连，唇似点朱，一举一动顾盼生辉，配上那一身华贵的罗裙，真是闪耀动人。

　　"美！真美！"要不是我自己就站在镜子前，我都认不出来那是谁。上

回那次扮女装以失败告终，这次在尖下巴的巧手下终于成功了。

我沉浸在自己的美貌女装中无法自拔，冷不防旁边一桶冷水凉凉地泼来："穿女装都敢不要脸地夸自己，自恋是病，得治！"冥月这回没再憋着了，竟嗤笑出声。

我咬住唇，考虑着要不要羞辱他一顿，想了一秒后还是决定羞辱他一顿，事实上我早就想这么干了！

我学着他嗤笑一声，反唇相讥道："自恋也得有资本才可以啊，首先得有一张如花似玉的脸啊，不像有些人……连脸都没有……"

我的话还没说完，冥月的脸色就变了，一阵青一阵白跟变戏法似的。都说男人不在乎长相，后来我才知道，原来冥月一直都很嫌弃他自己的那张麻将脸，看见长得比他帅的男子都格外羡慕嫉妒恨。

所以他恨我！

"走，吉时该到了。"冥月铁青着脸，上前一把拽住我往外拖，压低嗓音在我耳边道，"不男不女的家伙，信不信我毁你的容！"

瞧瞧，还威胁我！我是被吓大的吗？

我极为不善地瞟了他一眼："冥月，过了今天晚上，你就得叫我一声少奶奶，别说毁我容，你就算碰一下我的脚指甲，我都要让你跪在面前唱《征服》！"

冥月大约被我那声"少奶奶"给恶心到了，唰一下松开手，扯过尖下巴手中的盖头毫不留情地盖在我脸上，之后朝我的屁股用力一脚，把我踹进了轿子里。

这个不懂怜香惜玉的老乌龟！要不是我的手脚被捆着，哪里能容得了他

这么嚣张！

外面锣鼓喧天，敲敲打打的，一会儿就到了凤幽的宫殿，这边显然更热闹，歌舞纷纷简直嗨爆了。

凤幽把我抱出去时，全体妖怪都跪了下去，高呼公子万岁，还大声高喊："大王千秋万载，一统天下！"

这群妖精好大的胆子，竟然还想一统天下，完全没把天庭放在眼里嘛，我一定要跟太子打小报告。

我揪紧了凤幽的衣服，凤幽以为我在害怕，附耳低声道："云冬，一会儿我就带你走。"

他收紧手臂，抱着我上了台阶，他似乎没有去拜见妖王的打算，直接就走进了新房，旁边有人快速围了过来："凤公子，你真的要带我们逃走啊？万一被你父亲发现了，我们几个就死定了，你还是考虑考虑吧。"

这欠揍的声音……是琉心！我正要说话，凤幽轻轻地把我放下来，然后揭下我的盖头。我睁开眼睛这才看清周围的情况，除了我和凤幽，常休和琉心都在房里，还有之前替我化妆的尖下巴妖精。

琉心看到我的模样，长长地吸了一口气，常休的眼睛里掠过一丝惊异，便连凤幽也目光沉沉，温柔而炽烈地望着我。

"云冬，这是你吗？"琉心捏了捏我的脸颊，"你涂了几斤粉在脸上？"

好好夸我一句会死吗？我没好气地横了她一眼："你这语气颇酸。"说完我又把背对着她，"快替我解开绳子，我都快被勒死了。"

几人这才手忙脚乱地替我解开，我三两下把新嫁衣脱下来放在床上，尖

下巴妖精立刻拿着它们穿了上去，我大惑不解地看着她："你要做新娘？"

"少主说笑了，老奴哪有这等福气。"尖下巴穿衣的速度真不是盖的，我就眨了下眼睛，她就把衣服妥妥地穿戴整齐了，"我这是替少主坐在这里，一会儿会有下人来送东西，要是见不着新娘，岂不是要出乱子了。"

呃……搞了半天，尖下巴原来是凤幽的人。

"妖王眼下正在外面看歌舞，趁着大家都在外面吃酒玩闹，我们快些走吧，晚了只怕就走不了了。"常休打开窗户，担忧地看了看外面的情形。

"可是……"我看着尖下巴舍生取义的模样，感动之余又有些为她担心，"万一妖王发现是你帮我们逃走，那你的脑袋岂不是保不住了。"

尖下巴冲我眨了眨眼睛："少主不用担心，公子会罩着我的，你们快些走吧。"说着，她拾起红盖头盖在头上。

我们几人打开窗户，从后窗掠了出去，正门肯定不能走，我们只好跟着凤幽走小路，小路比较偏僻，没有什么小妖把守，偶尔遇着几个小妖也被我们联手放倒，其间琉心打人的时候最卖力，像吃了千年灵芝一样精神抖擞。

我不由有些好奇："琉心，你干吗这么兴奋？"

琉心"嘿嘿"直笑："有这么明显吗？"她摸了摸脸，嗓音高昂，"我们现在正从虎口逃生，你们不觉得很刺激吗？"

"变态！"我和常休一人送她一个白眼。

凤幽也莞尔一笑："还有更刺激的。"他伸出修长的指尖指着前方，悠悠说道，"那块碑是唯一的出口，现在上面布了结界。"

我们顺着他手指的方向看去，不远处红墙高垒，唯有一块白碑虚砌在红墙之上，一道透亮的结界在虚碑之上若隐若现，如果不仔细看，就像一层水

雾凝在上面。

"凤公子，我发现你父亲心机好重啊。"琉心摇了摇头，一把拉住我郑重其事地道，"云冬，反正都到这一步了，不如你们就假戏真做了吧，你做了妖界少奶奶后，我还可以经常来串门，妖界挺漂亮的。"

"你不说话没人当你是哑巴！"常休一把将琉心按在身边，怒其不争地瞪着她，表情那叫一个揪心，估计怎么也想不明白他怎么会摊上这么个唯恐天下不乱的师妹吧。

"父亲设下的结界，天底下能逃出去的没有几个。"凤幽的眸子里涌现出一抹忧郁。

"别沮丧，其实还有办法的。"在他们几人期待的眼神下，我慢慢走到了另一面的墙角下，扒开前面的杂草，露出角落里那一个小小的狗洞。

有结界盖在上面，我们上不了天，那就只能下地了。

琉心跑过来瞅了几眼，抬起头道："云冬，你也就这点出息。"

常休低着头，摸着下巴挣扎了半天："大丈夫能屈能伸，不就是一个狗洞，难不倒我，倒是凤公子……"

常休眼带戏谑，意味深长地看向凤幽，我心里顿时一"咯噔"，凤幽是妖界小少爷，要让他钻自己家的狗洞，实在有些强人所难了。

我正打算让凤幽留在这里，却听凤幽爽朗一笑："你既说大丈夫能屈能伸，一个小小狗洞，亦难不倒我。"

说完，他腰身一弯从下面钻了过去，我与常休对视一眼，也先后钻了过去，只有琉心杵在那边还在做思想斗争。

"琉心，你想被妖王抓去吸干血吗？"我隔着墙恐吓她。

琭心闷闷的声音从里边传来："钻狗洞会成为我人生中的污点，我出门在外，代表的是师父的脸面……"

"你给师父丢的脸还少吗？"常休毫不留情地打击道。

我仔细一回想，也确实如此，这么多年，琭心为了八卦不知道在外面出卖了司命老头多少次，连自己的人品都卖得差不多了，还好意思说师父的脸面。

"琭心，你爱出不出，我们走了。"招来一片云，我们三人飞身而上，才刚上去，就见琭心一头栽在云端，咧着嘴对我们笑。

这臭丫头，速度有时候还真吓人！

我们携云离去，一时天高海阔任我们飞翔，呼吸着自由的空气，觉得心情大好。琭心在云头又蹦又跳，神经兮兮地八卦着仙界的各种奇葩事。

忽然，她在身后拍了拍我的肩，诧异地说道："云冬，你快看，妖界好像冒烟了。"

我们回头看去，只见妖界的上空出现一片诡谲的浓烟，浓烟之下还隐隐透出冲天的火光，那股火光鲜红中夹着幽蓝，像长龙一样疯狂吞噬着周围的一切。

凤幽眉头轻蹙，抬眸飞快地看了我们一眼："云冬，到了这里应该安全了，你们先走吧，我回去看看出了什么事。"

我眼皮一跳，总觉得事情没有那么简单，他的身体还没有完全恢复，放他一个人回去实在不忍心，于是开口道："我也跟你一起走。"

琭心一副"你疯了"的样子看着我，我让她和呆子先走，却料两人毅然决然要和我们一起，最后几个原本逃走的人又呼啦啦驾着云奔向了妖界。

我们赶到时，妖界盛办婚宴的大殿已经整个夷为平地，地上血迹斑斑，女妖们四处逃窜，尖叫声不绝于耳，周围密密麻麻地站着许多手执大刀的妖怪，火焰还在疯长，以惊人之势席卷着入目所及的所有东西，浓烟之下看不太真切发生了什么，可那股刺鼻的血腥味却让整个气氛凝重起来。

"到底发生了什么事？谁这么残忍。"琉心捂住鼻子，兴致高涨地朝前面张望。

我们几人跳下云头，站在拐角处查看情况，浓厚的烟雾中只听到妖王暴戾的声音高昂地响起："毛头小儿，也敢来我这里撒野！莫不是帝涟月那小子让你来的！"

"你与仙界的恩怨与我无关，但你竟敢动我的人！"对方的音色极尽愤怒，"我最后再说一遍，把人还给我，否则今日我定荡平妖界！"

"那你就放马过来！"妖王厉笑，随后两人似是交战在了一起，烟雾中只隐约看到两抹身影腾云而上，在空中交织出巨大的火花。

火势渐小，浓烟也逐渐散去，映入眼底的是一片狼藉，地上横七竖八躺着许多妖怪的尸体，在那些尸体的周围还站着数以千计的大妖怪，他们嘶吼着望着天空，神情激愤，双眼冲血，地上的血迹一路蔓延，原本华丽的大殿如今已成了一块废墟。

凤幽眸色一变，飞身掠至妖怪正中央，我也准备追上前，却被常休一把拉住："云冬，你别动，万一让妖王发现，你就回不去了，我们先看看。"

"是啊，师兄说的没错，先别急。"琉心也附和道。

听他们这样说，我只好先按捺下来，看到凤幽走到了废墟前，所有人都跪了下去，又有人上前跟他说着什么。

一个黑影飞快地从外围的火光里冲了进来，我细看之下，发现那个黑影竟是冥月，他的手里还抓着一个人，见到凤幽立刻皱起了眉头，但他什么也没做，只朝上空激烈交战的两人大喊道："玖非夜，你再不停手我就杀了她！"

听到这熟悉的三个字，我浑身僵住，那个闯来妖界的人竟然是玖非夜！他是来救我的吗？

我愣在原地，视野所见是冥月孤注一掷的身影，他抽出大刀架在红衣女子的脖子上，那个红衣女子我们都认识，正是顶替我坐在新房的尖下巴妖精，冥月用盖头将她裹紧，不让旁人看到她的面相。

"玖非夜，你当真以为我不敢杀她吗？"冥月怒喝一声，架起的刀高高扬起，又迅速落下，我吓得一震，下意识就往外冲去，凤幽却比我更快，右手一伸飞速弹开那把刀，可他与冥月中间隔着厚厚的人群，到底是鞭长莫及。

一切发生得太快，冥月仿佛早就料到了凤幽会这么做，趁着刀柄脱离的瞬间，左手忽扬，五指成爪狠狠地捅进了尖下巴的胸口，血淋淋的手指一直从前胸贯穿到了背后。

时间在那一刻静止了，我全身的血液也仿佛停止了流动，脸色一刹那惨白如灰，满脑子充斥的都是尖下巴的惨叫声！

那一声惊叫惨烈而痛苦，也似乎惊醒了尚在激战的两人，只见空中一袭玄影骤闪，迅猛地击退妖王，从半空疾速落下。

紫眸银发，束在紫金冠之中顺滑而下的发丝连同玄袍一起在风中烈烈飞舞，修长的身子优雅至极，又绝美得令人不敢逼视，这样摄人心神的人，正

是我日日夜夜思念的玖非夜。

　　如今他就站在远处，可我们中间却隔着数以千计的妖怪，我怎么呼喊都是没有用的，我的目光落在冥月的手上，他血淋淋的手从尖下巴的后背又凶狠地抽了出来，掌心中还握着一颗鲜红艳丽的心脏，那颗心脏甚至还在跳动！

　　血光四溅，尖下巴缓缓地朝后倒了下去，一袭大红裙裳在地上铺展而开，像一朵染血的绝望蔷薇。

　　仿佛有什么死死地抓住了我的心脏，我觉得突然间不能呼吸，冥月……冥月他竟然杀了尖下巴！他竟然那么残忍地杀害了尖下巴！

　　我的胸口钝钝地疼起来，眼睛也一阵阵刺疼。视线模糊中，我看到妖怪们害怕地给玖非夜让开一条道，而他一步步朝地上的大红残影走过去，他弯下腰伸出手按在她流血的伤口上，用力地按住，可鲜血仍然汹涌而出。

　　他的手指微微颤抖，小心翼翼地把她抱起来，呼唤道："云冬，你醒醒，云冬……对不起，是我来晚了，对不起……"

　　他的声音已近哽咽，绝美如玉的面上浮上难以压抑的剧烈痛楚，一遍遍地跟我道歉，我站在远处眼睁睁望着这一幕，心里难过得无以复加。我记得就在不久前，尖下巴还笑着跟我说——

　　少主不用担心，公子会罩着我的！

　　这话还言犹在耳，现在她却已经鲜血淋漓地躺在了地上。

　　"云冬，你等着，等我把这里毁了为你报仇，然后我就带你回去，回碧霄山，我把她们都赶出去，从此以后就只有我们两个人住在那里，你说好不好？"

玖非夜似是有些魔怔了，向来冷漠的眼睛眨眼间竟变得猩红如血，他伸手欲要揭开尖下巴的红盖头，刚刚触及盖头一角，又忽然顿住了。

冥月看他沉浸在悲伤中，趁火打劫，握刀飞快地朝他的头顶笔直刺下去，在快触到时，玖非夜手掌一伸，一股冲天狐火飞弹出去。

周围的妖怪见状，也纷纷提刀而上。

人数太多，我看不清中间具体发生了什么，只是一眨眼，那些妖怪就一个接一个飞坠到远方，鲜血在空中飞散，仿佛下了一场触目惊心的血雨。

玖非夜五指收紧，慢慢握成拳，抬起头阴冷地望向倒下的冥月，两行泪水从他猩红的眼角滚落，淌过他白皙的面颊，他的紫色瞳仁剧烈地紧缩着，眸底是我从未见过的深痛和狂怒。

"你们，都给她陪葬吧！"他一字一顿冰冷地说完，放下尖下巴站了起来，额头的火色堕仙印迹犹如在滴血。

凤幽惊怔地看着这一幕，此时似才缓过神来，红着眼一把抓住冥月的衣襟将他揪起来，向来温柔的他也不禁疾言厉色质问道："冥月，你放肆！谁准允你对她下毒手！"

"幽儿，你还不住手。"妖王上前扯过冥月，按住他的肩输送妖气，讥嘲道，"是我准他这么做的，不过一个下人，有什么好伤心的？冥月做得很对，你当真以为我不知道你们私下做的那些事？"

言下之意，妖王已经知道凤幽私下放我们逃走的事，还知道眼前的女子是尖下巴，而非我扶桑云冬。

就在他们争执间，玖非夜的身影已如疾光般从站起的妖怪中穿过，以一种难以捉摸的速度一掌击在冥月身上，重伤在身的冥月吐出一口血，又被打

飞出去。紧跟着，玖非夜的掌心化出那柄燃烧着狐火和红莲业火的长剑，对准妖王凶狠地劈了下去。

妖王每躲闪一次，他身后的地方就被荡为平地，几招过后，整个妖王宫就变成了灾难现场，凤幽飞身而上想从中阻止他们，奈何旧伤在身，几次差点被红莲业火烧着。

"玖非夜，你冷静点儿，云冬并没有死。"凤幽大喝。

玖非夜此时显然杀红了眼，根本听不进去："你现在说什么都是枉然，今日哪怕同归于尽，我也要将你们妖界化为灰烬，为她报仇！"

他现在的样子和杀太子时有些像，可以说比那时更狠，因为那颗堕仙印迹的颜色越来越深，再这样下去，只怕就真的入魔道了。

仿佛有一盆冷水从我头顶轰然泼下，我如梦初醒，从堆积如山的尸体和妖怪群中间不顾一切地挤过去："玖非夜，我在这里。"

我大喊着，可瞬间就淹没在妖怪们的嘶吼中，身后常休和琉心也奔了过来，常休忧心忡忡地说："玖非夜快要入魔了。"

我心下大惊，也顾不上那么多，情急之下迅速飞身到妖怪的头顶，踩着他们的头飞跃到玖非夜与妖王酣战的地方，一掌打开妖王，而后返身一把抱住玖非夜，他的剑就在我的头顶挥下，我吓得赶紧闭上眼睛大叫道："玖非夜，你要是杀了我，我做鬼都不会放过你！"

长剑挥到一半骤然停下，灼热的火焰在我头顶呼啦烤着，我觉得我的头发快着火了，妖王想趁机动手，却被凤幽拦住，常休和琉心也阻止着那些虎视眈眈的大妖怪。

头顶半天没有动静，我仰起脸期期艾艾地望去，玖非夜优美的眸子徐徐

垂下来，从我脸上一寸寸掠过，然后大掌在我腰间一握，抱着我从空中降落。

他眸中的猩红血丝渐褪，火色印迹却极是不稳，好半晌后，他才收了剑："云冬？"他似是不确定，伸出手左右开弓捏我的脸，从尖下巴身上染来的血迹全部沾在我的脸上。

"是我。"我吸了口气，咬牙道，"玖非夜，我没死你是不是很遗憾，再捏下去我的脸就要肿了！"

玖非夜弯起那双狭长的眸子，露出一丝微薄的笑意，然后他回头看着满身鲜血的尖下巴，蹙起俊秀的眉问道："她是谁？"

我愣了一瞬，从她帮我到现在，我还不知道她的名字，我走过去揭开她的红盖头，扶起她的上半身，给她把脸上的血迹全部擦干净，凤幽见状，也奔过来帮忙。

"她叫什么名字？"我侧头问凤幽。

凤幽温润的眸子里掠过沉沉的哀伤，动了动唇，低声道："她叫尤玲，今年已经快六千岁了，我唤她玲姑，在我成人之前一直是她在照顾我的起居。当我初次知道你的存在时，她跟我说若是喜欢一个人便要从一而终，成亲时她跟我说从今往后就是你来照顾我了，要我好好待你，后来得知我要送你走，她什么也没再说，只拍着我的手叫我莫后悔，我没想到……"

凤幽抓紧玲姑的手，一个字也说不下去了。

看他这样难过，我心头又开始撕裂地疼起来："凤幽，对不起，如果不是因为我，玲姑也不会死。"

我心中大恸，泪水滚落而下，不知该怎样宽慰凤幽，玲姑对他来说，不

仅仅是仆人，还是他的亲人，这样贵重的一条性命，我不知道该怎样还给他。

凤幽伸手抹去我眼角的泪水，竟反过来安慰我道："不是你的错，是我没能及时救她，是我没安排好她，别伤心，玲姑她很喜欢你，她肯定不希望看到你这么难过。"他抬头望了眼玖非夜，又道，"你们快走吧，我会好好安葬玲姑。"

都说正在伤心的人不能安慰，一安慰内心的情绪反而如同江水决堤，凤幽的宽慰让我整个人都忍不住抽搐起来，玲姑虽不是我所杀，却是因我而死，我难辞其咎。

"你们今天谁也别想活着离开！"妖王暴喝，猩红的眸子冷戾地扫过我们几人，他一挥手，密密麻麻的妖怪便围了过来。

玖非夜把我拉起来护在身后，对峙之势一触即发，凤幽白衣飘然站在众人中间，指尖一动忽地化出一柄长剑，唰一下指向妖王："父亲，你把云冬带来妖界只是为了给我疗伤，我现在伤好了，让他们走吧。"

妖王盯着眼前那柄长剑，难以置信地怪叫一声："幽儿？你长大了，竟为了外人来对付我！"他袖子一甩，怒不可遏地喝道："如果没有扶桑云冬，你的伤这辈子都好不了！我是绝不会让她离开妖界的！"

"那父亲今日就杀了我，否则我一定会让云冬离开！"凤幽也怒了，"你已经杀了玲姑，还想怎么样，难道一定要把我钟爱的人全部杀光才甘心吗？"

"你——"妖王气得手指都在颤抖，他眉毛倒竖，目光如针盯着凤幽。

玖非夜寒凉地扫了他一眼，冷声道："上万年前那场仙妖大战，你神魂

俱损，到如今还没有恢复完全，只怕你还留不下我，今日看在云冬无碍的分上，暂且不与你计较。"

他说罢，拉着我转瞬就上了云头，常休和琉心也一起飞身而上，凤幽一直用剑指着妖王，直到我们走了很远，才转头看向我。

我眺望着身后的一片狼藉，火光渐熄，夕阳斜下，凤幽一袭白影脱尘，似仙远去。

凤幽，你等着，我一定想办法救你，你等着我！

再次回到碧霄山，我只觉恍如隔世。

小妖们站在院门口迎接我们，一张张都是熟悉的面孔，有雌渺渺，还有小老鼠精，经过那么长时间的相处，她们对我的态度也改善了很多，连雌渺渺也上前来慰问我，可我此时却没有太多心情来跟她们嘘寒问暖。

玖非夜拉着我进了院子，见我脸色不佳，不由拧眉道："你还在想凤幽？"

我怎能不想，他的家都快因我而毁了，亲近的人也因我而死，一想到这些我的心里就升起浓浓的负罪感，他对我那么好，可我带给他的却只有伤害。

"扶桑云冬！你还想去找凤幽对不对，我告诉你，我不准许！"玖非夜见我不回答，不知为何，突然大发雷霆。

我被他吼得一愣，抬头一看，他眉头紧蹙，俊美的面上尽是滔天怒火，瞪着我像是要吃人一样，眸光却是闪闪烁烁，有惊惧、害怕、担忧、心悸和痛苦，太多复杂的情绪从他眼底一闪而过。

我不敢说有多了解玖非夜，可基于女人的本能，对他的某些情绪还是理解的，玖非夜他……是在害怕吗？害怕我像尖下巴一样浑身浴血地躺在他面前，害怕下一个被冥月挖取心脏的人变成我？

"扶桑云冬，我翻天覆地到处去找你，你现在却告诉我，你想回到凤幽身边？你痴心妄想！"玖非夜用力按住我的双肩，沉声道，"扶桑云冬，你休想！"

"我没有，我只是……"我眼圈一红，垂下头道，"我欠凤幽太多了……"多到赔上我的性命都还不起。

按在我双肩的手指一僵，玖非夜深吸一口气，半晌都没有说话，良久后才缓缓伸手摸了摸我的头发，哑声道："别怕，你还有我，你欠他的，由我来替你还！"

他这样一说，我的眼泪又不要钱似的往下掉，玖非夜用指腹抹了抹，忽然按住我的后脑，把我拥进怀里："云冬，你以后都不可以私自离开碧霄山，也不可以……离开我！"他收紧双臂，语气中有几不可察的颤音。

我闷声点头，一时既感动又欣喜，我以为石灵回来了，他就再不会管我的死活，没想到他仍是在乎我的，龙潭虎穴，他都愿意为我独身去闯。可是怎么办呢，我们之间始终横亘着太多的东西。

比如石灵的情，比如他的恨，还有那场即将到来的大劫。

"我是天庭的人，此生都没办法改变，你……不讨厌我了？"想起当时他化作真身要杀太子殿下时，我尚且心有余悸。

玖非夜顿了顿，将我推开淡声道："你是你，他是他。"

"可是……"我抬头与他对视，"你把我留在身边，洛天雪……会不会

1 7 3

生气？”

“她为什么要生气？”玖非夜不解。

我郁闷了。他摆出一脸疑惑的表情是干什么？就非要我做个几千瓦的电灯泡照着他才甘心？什么心态啊！

玖非夜想了一下，忽地一笑：“云冬，你莫不是在吃她的醋？”

我白了他一眼，懒得理他突来的兴趣，转身往屋内走去，他在后面不依不饶道：“扶桑云冬，你哭起来那么丑，没想到吃醋时倒挺可爱的。”

我站在门内，撑着门看着他：“你就得意吧，等她知道我住在这里后，看你还能否笑得出来，到时候无论你告诉我你有多喜欢她，我也不会走的！”

玖非夜紫眸一沉，别扭地瞪我一眼：“谁说我喜欢她？”

全天下的人都知道，他还在这里装什么蒜，我斜眼看他：“你说完了吗？”

玖非夜愣愣地点头，然后就被我“砰”的一声关在了门外。

第九章

埋藏千年的秘密

　　我说话一向很灵，和玖非夜聊完的第二天，洛天雪就来找我了。她站在房里趾高气扬地看着我，漂亮的美目不断地向我射出杀人的飞刀。

　　都说输人不输阵，和她盛气凌人的模样一比，我这气势简直弱爆了。

　　"扶桑云冬，我要你现在、立刻、马上从这里离开！"她开门见山，毫不客气地下逐客令。

　　凭什么，你喊我走我就走，那我多没面子！

　　我淡淡地道："天雪上仙，你向妖王通风报信一事我还没有找你算账，你倒是自动上门找我来了，今日我也把话向你挑明了吧，只要玖非夜一天不撵我，我就一天不走。"

　　洛天雪显然没料到我突然这么犟了，手一扬，恼羞成怒地扇了我一巴掌："厚颜无耻！"

　　长这么大还没有人敢甩我耳光，天雪上仙怎么了？是羽族人就可以随便扇我了？

　　"叫你一声天雪上仙是给你面子，你别不识好歹！"我脸上一疼，反手就把这一巴掌还给了她，"我就是厚颜无耻，你咬我啊！"

　　"你敢打我？"

　　洛天雪不知是被我打懵了还是怎的，她居然真的来咬我了！她……确定不是个假冒伪劣产品吗？确定不是哪个狗精变的吗？

她死死地抓住我，一口啃在我的手臂上，我顿时气血就不畅了，抬脚踹向她下盘，但好像并没有用，她整个人都跳到我身上来了。

"洛天雪，有种你别打脸！"

"你管我，我就要毁你的脸，看非夜还能怎么对你念念不忘！我要他一想起你的脸就犯恶心！"

天杀的这婆娘，好歹毒！

我们厮杀得越来越激烈，她抓我耳朵，我抠她眼珠子，礼尚往来很是热闹，到最后又发展到撕扯头发，抱着对方在地上滚来滚去。

雌渺渺跑进来时看到的就是这样一个壮观的场景，她先是吓得跳了起来，随后也过来帮忙撕扯洛天雪，嘴里还不停地嚷嚷："臭娘们儿！整天一副我欠了你祖宗三条命一样，我让你拿鼻孔看人，让你拿鼻孔看人！"

别看雌渺渺个子小，下手可真狠啊，这是得积压多深的仇啊，洛天雪的头发都快被她扯光了！

"渺渺，冷静，冷静！"我四仰八叉地被两人压在地上，隔夜饭都快要吐出来了。

洛天雪终于受不了地尖叫起来："混账东西，一只小妖也敢对我下手，你还不快松开！小心我灭你九族！"

我忍不住白了她一眼，渺渺是在这里土生土长的，哪里来的九族！

兴许她的尖叫声太响亮，吸引了不少妖怪来围观，不一会儿，玖非夜也来了，他一把将我拉起来，怒吼道："你们在干什么？"

我丢给他一个"没看出我们在打架吗"的眼神，玖非夜逼人的目光惊疑地掠过我们，似是觉得匪夷所思。

洛天雪瞅准时机，立刻抓住玖非夜的手告状："非夜，她们两人欺负我，我……"她欲语还休，垂下眸子眩然欲泣，显得格外楚楚动人，就是衣衫不整，头发乱成一堆稻草有些煞风景。

我低头看着地上的头发，感觉要是再扯下去，我和洛天雪都可能变成光头！女人打架真是太可怕了！

我止不住浑身一哆嗦，再看玖非夜望着我那双盛怒的眼，心里一怵，连忙甩开他的手准备开溜。

玖非夜脸色一变，越发怒了："扶桑云冬，你要去哪里！"

"我回天庭了！"我卷着云灰溜溜地跑了。开玩笑，把他喜欢的人打成那个鬼样子，他不活撕了我才怪，此时不跑更待何时！

玖非夜面色一变，就要来抓我，渺渺在身后一把抱住他的大腿："你快走，我要是死了，回头给我多烧点儿纸！"

我对渺渺舍己救人的行为十分感动："你放心吧，我保证每天给你烧一个玖非夜！"

渺渺对我的承诺也铭感五内，我正为我们俩这种生死友谊所感慨，抬头一看……呃，玖非夜的脸色都绿了，我赶紧夹着尾巴跑了。

星君殿一如既往的神气，以往我都是绕着走，这次还是第一次如此光明正大地进来，沿途的婢子看到我纷纷朝角落里跑，嘴里还大叫着："登徒子！"

我低头看了看，外衫被洛天雪扯掉了，袖子也撕破了一截，头发乱得像一把稻草，的确与我往日风度翩翩陌上公子的形象差得太远。

不过此刻我也顾不上那么多了，直接冲进去找司命老头，本以为常休才送琉心回来没多久，两人应该还在星君殿的，可人影都没见一个，倒是太子殿下一袭深袍，正在卧榻上与老头儿优哉游哉地下棋呢，太子殿下的棋瘾未免也太大了，上次是天蓬，这回连司命老头儿也不放过。

"你小子怎么现在才来？老头子我等得胡子都白了。"司命老头儿先发制人。

忽悠谁呢，你胡子几千年前就是白的！我撇撇嘴，走过去给帝涟月行了个礼，这才走到他面前道："星君知道我要来？"

老头儿摸着胡须点头："你上回来偷我东西，导致天象大乱，回头我就算了一卦，不仅知道你要来，我还知道你来干什么。"

"谁……谁偷你东西，不要仗着年纪大就含血喷人！"我板起脸佯装生气。

老头儿显然不买我的账，继续道："上次难道不是你？你的气息我可是记得真真儿的，瞒不了我，你和凤幽那小子一起，最后误打误撞闯进了天眼门。"

没事记住我的气息做什么？这变态老头儿！

帝涟月一直在看棋，此时不禁抬头睇了我一眼，漫不经心道："你又和谁打架了？"

他的话音刚落，琉心和常休就从内殿冲了出来，见到我的模样，琉心诧异地张大了嘴："云冬，你打扮成这副死样子想做什么，耍流氓啊？"

说着，她立刻装模作样地用双手抱住自己的胸，好像怕被我非礼一样。

死丫头想太多了吧，我宁愿对太子耍流氓也不会对你耍流氓，乞丐尚且

择食呢。

我刚腹诽完，帝涟月仿佛看穿了我心中所想，眸光一动，一道冷光瞬即向我射来。

哎哟，我的心脏！

我讨好地笑了笑，帝涟月垂下头，在棋盘上落下一子，寡淡的嗓音像是千年冰霜朝我扑来："你还记得要回来？我以为你宁愿死在碧霄山，也不愿回天庭了。"

我知道他是指派给我的任务一事，可这事我已经有眉目了，于是上前一步，笑嘻嘻地说道："殿下，小仙已经查到混元镜的下落了，它不在碧霄山，而是藏在妖王殿里。"

说完这个，我感觉我终于可以扬眉吐气了，可谁知帝涟月听后脸色蓦地一变，就连司命老头儿也愣住了，顿了好一会儿，老头儿才抬眼道："这小子被妖王逮去后，我那两个徒儿也去了妖界。"他看向常休和琉心，问道："你们可是也见着了？"

常休和琉心拼命点头，老头儿长长地叹了口气："看来这场大劫是无论如何也避免不了了。"

老头儿心里忧郁，连棋也不下了，干脆拿出他的看家本领卜算了一卦，那口气便从长叹变成了深叹。我知道他无论卜算个人还是天地命运，都需要时机，时机未到他连八卦都打不开，这次他能顺利算出卦象，说明大劫真的要来了。

我问他："大劫是不是和玖非夜有关？"

老头儿指着八卦上的奇象，像个老僧坐禅一样莫测高深地说："东南煞

气异动，四星归位，时机却不对，必然会有一场惊天浩劫，这浩劫虽是因他而生，但不仅仅是他一个人，还有你、凤幽、洛天雪，甚至太子，你们几人都会影响到这个大劫的命数。"

居然还和我有关？我看向帝涟月，他似乎也有些惊异，但到底是掌管仙界的人，惊异过后立刻就平静了。

他眸子狠狠一沉，涌动着一抹阴冷："上万年前的仙妖大战后，混元镜就被封印了，虽不知妖王是如何解开的封印，但他到现在还按兵不动，想必混元镜并没有开启。"帝涟月说到这里，抬头若有所思地扫了我一眼。

"妖王一直想尽办法抓获云冬，莫不是……"

司命老头儿掐指算了算，忽然吸口气道："太子殿下的猜测大有可能，妖王一直想让云冬嫁到他们妖界，很可能是欲盖弥彰，老头儿实在搞不明白，怎的他非要凤幽娶个男子做媳妇？"

琉心在旁边窃笑，常休默然瞥着我，帝涟月淡声道："你还不说实话。"

呃……太子也知道了？我还以为自己瞒得天衣无缝，谁承想一个个的都知道了，太子既然知道了，为何没治我欺瞒之罪？

我尴尬地抹了抹脸，一瞬间对太子的胸怀佩服得五体投地，早知太子胸怀这么广阔，我一早就奔向天宫求他庇佑了。

"星君，其实我……不是男子，我是个美丽的小仙娥。"我朝老头儿绽放出一朵自以为很醉人的笑容。

琉心毫不客气地吐了，帝涟月恍惚间好像笑了一下，而老头儿似乎震惊过度，掉到胸下的胡子气得一抖一抖，指着我愤慨地道："好你个臭小

子……丫头瞒得老头儿好苦！我为免妖王为难于你，还想将琉心丫头许配给你，你倒好，生生糟蹋我一番良苦用心。"

我见老头儿一副要跳楼的模样，赶忙连哄带骗地安慰他，最后还拍了他一阵马屁，老头儿这才眉开眼笑起来，看他心情好了，我继续趁热打铁。

"星君，有个疑问还请您老帮我解解。"我走过去给他捶背，笑着问道，"听说未渊上神在大战中消逝，玖非夜是否就是未渊上神的转生？"

我的话一出，所有人的目光都落在我身上，老头儿摸着胡须哈哈大笑："你这丫头倒是鬼精灵，是怎么知道的？"

"猜的。"

老头儿欣慰地点头，手指在卦象上一点，一道流光飞逝而出，在众人眼前呈现出一幅混沌的星空画面："你们看，最大最亮的那两颗就是未渊上神和荒原上神，仙妖大战两大上神消逝后，这两颗星子就黯淡了，如今又重新璀璨起来，说明上神又回来了，未渊我倒是卜算出来了，可荒原上神至今打不开卦象。两位上神真身虽死，可毕竟是远古上神，想必魂魄并没有消散，在世间盘亘了很多年，终于修复完整入了轮回转生。"

他笑了笑，接着道："玖非夜的确是未渊上神的转生，可却不是当年的神了，现在他已经堕了魔道，很难再回头了，这是他最大的劫数，如果过不了，往后的永生永世都将灰飞烟灭，再不复存在！"

"不，他不能死！"帝涟月腾地一下站起，周身一冷，释放出庞大的低气压。

帝涟月的激动出乎众人意料之外，他与玖非夜不是仇敌吗？我下意识地朝他看了一眼，却没时间去细想其中的究竟，只抓着老头儿的手迫切地问：

"星君，这个劫可有破解之法？"

帝涟月也在一旁补充道："他绝不能入魔，也不能死，一定要想办法救他！"

"太子殿下，非老朽不救，实是老朽也无能为力，事情最终会如何不是人力可以阻止的。"老头儿朝帝涟月作了一个揖，轻叹了一声，才摸着胡须道，"一切都是定数，堪不破，莫强求，只要非夜神君执念莫要太深，相信事情应该会有转机。"

我的心猛地一沉，玖非夜这么多年最固执的一件事应该就是寻找石灵了吧，老头儿的意思是让他对这段感情顺其自然吗？

天意玄机太深，我琢磨不透，可压在我胸口的还有另外一件事，但太子人在这里，我实在不知该如何开口，我斟酌着用词，还没想好就听老头儿浑厚的嗓音在我耳边响起："云冬，你今天来找我不是为了这件事吧？"

既然老头儿开了天窗，我也就直言不讳了，我瞟了瞟太子，低下声说道："什么事都瞒不过您的慧眼，星君可知道凤幽还能活多久？有没有可以医治的法子？"

老头看着我，那口气叹得比任何一次都要长："在你们闯天眼门的时候我就算到了这一卦，原本不打算告诉你，可你与凤幽此生缘分未尽，老头我即便阻拦也是阻拦不住的。"

"你且先去，将那凤幽带来我星君殿让老夫瞧瞧，届时再告诉你如何医治。"

我回到了碧霄山。

仙界与妖界自大战后平和了近万年，很少发生什么难解的争端，如今混元镜在妖王手里，仙界更不能随意打破这样的平静，否则一旦交战，必定又是死伤无数，是以帝涟月要我假以医治凤幽为名，伺机去妖王那里将混元镜盗回来。

因妖王若是开启混元镜，只怕会天下大乱。

在去妖界之前，我决定先去看看玖非夜，刚走到他房门口，就听到里面有声音传出来，我抬手准备敲门，却听到里面的人细声道："那日我在苍穹之巅等了你整整一天，后来才知道你竟然抛下我去救扶桑云冬了。"

这声音是洛天雪？我伸出的手一缩，干脆走到角落里躲起来，没想到我一回来就碰上听墙壁这样的好事，我倒要看看洛天雪在背后说我些什么。

"那天是我失约。"玖非夜的嗓音里有轻淡的歉意，"你约我到那里见面有什么事？现在在这里说也是一样。"

"不一样。"洛天雪似有鼻音，也不知是不是哭了，"怎么能一样呢，那里是你曾经叱咤风云的地方，苍穹之巅，多少仙人梦寐以求的仙居之地，你曾在那里俯视苍茫天下，你手握乾坤，一抬手就能震慑四海八荒，你不该一直住在碧霄山！"

"你说的那是未渊，不是我，未渊死了，我是他的转生，但却不是他。"玖非夜走到窗边打开了窗户，从我的角度正好可以看到他脸上的冷寂和淡然，"他是上神，我是堕仙，即便是一千多年前我曾住在那里，曾俯视苍生，我和他终究是不同的，而我也永远不可能再回天庭。"

什么？玖非夜已经知道了？我竖起耳朵，他的消息可真够灵通的！

"为什么？因为我吗？"洛天雪难以置信地也跟着跑到了窗边，漂亮的脸上有好几块瘀青，但并不影响她的美，"我并非故意迟迟不来找你……这一世的我没有前世的记忆，直到那日仙宴上我见到了你，才恢复了前世的所有记忆。可是我很害怕，不知道你是否还在乎我，所以不敢贸然前来，直到后来无意间发现你收在壁中的一幅画，我才明白你的心意。都是我的错，如果我早一些恢复记忆，你就不用辛苦这么些年。"

她的语气中含着心疼，我却听得大吃一惊，到现在为止，我终于肯承认，洛天雪她真的是石灵，想到这里我又觉得难过，她与他有那么厚重深远的过去，我与玖非夜相处不过数月的时间，怎能抵得过他们漫长的一生？

"不是你的错，我寻你是因为对你有愧。"玖非夜偏过头望向洛天雪，优美的银发从胸前柔顺地滑过，"我与天庭的恩怨并非因你而起，哪怕没有你，天庭也容不下我的存在。"

玖非夜的表情淡淡的，可我却从那抹寡淡中看到了一丝孤寂和颓然。洛天雪抓紧他的手，忽然提高音量道："有愧？仅仅是因为愧疚吗？当年天君下令将我焚祭，与你没有半点关系，反倒是你，一夜堕仙，满头青丝都变作了银发，我知道，你心里是喜欢我的。"

她的手慢慢抚上玖非夜的发，一丝一缕珍惜地握在手里，像握住了世间罕见的瑰宝，她的眼底翠亮，满满都是对玖非夜的深情。

玖非夜目光一闪，缓缓拉下她的手："我是喜欢你，可我对你的喜欢与风月无关，灵儿，我们都回不去了，不管是曾经还是现在，我都给不了你什么。"

"不，你骗我！"洛天雪仿佛受到了刺激，突然一把抱住玖非夜的腰，"非夜，你骗我！你是喜欢我的！你曾说会照顾我一辈子，这些你都忘了吗？"

"没有忘，现在我依然会照顾你，只是这种照顾仅仅是对妹妹的一种爱护，以前我心无旁骛，如今我心里也有了很重要的人，我曾发誓这一生都要爱她，我不希望她误会我们，她很笨，不及你丁点儿聪明，一离开我身边就会被别人欺负。"

玖非夜说着，低低一叹："所以，灵儿，我不会让别人欺负她的，你懂吗？"

"是扶桑云冬吗？"洛天雪从他怀里抬起头，用力将他推开，难以置信地悲泣道，"你喜欢上了扶桑云冬？她哪点比我好？值得你这样倾心相护！她也是天庭的人，为什么你可以爱她，却不能够爱我？"

"即便她样样都不及你，也是我喜欢的人。"玖非夜眸光一深，抿了抿唇道，"灵儿，不要再去伤害她，即便是你，我也不会饶恕的，你明白吗？"

"不，我不要做你的妹妹，我不要！"洛天雪的眼底溢出一丝狠毒，红着眼眶道，"如果我得不到，那谁都别想得到！"

她伸手用力擦了擦脸，身形一转，飞快地从房里冲了出去，一刹就隐入云中不见了。

我站在下面怔怔地望着，一颗心几乎要从胸口跳出来。

玖非夜他方才说了什么？只是把洛天雪当成妹妹？还把洛天雪气跑了？这神转折……

我一下子蹦到窗前，迫不及待地问："玖非夜，你说你喜欢我？"

玖非夜正背对着我，听到动静吓了一跳，回头不悦地瞪着我："你不是回天庭了吗？"

"幸好我赶回来了，不然就听不到你的表白了。"我趴在窗边嘿嘿傻笑着，学着他之前的语气道，"玖非夜，你表白的样子也挺可爱的。"

"想死吗？"玖非夜面色一红，从窗内伸出手过来捞我。

渺渺却不知从哪里蹿出来，一下子挡在我面前："你现在神气了，威震八方的山主都被你弄成断袖了！"

"呃，这个……"她竟然也听到了？

渺渺一步步逼近我："我要跟你单挑，打赢了我，我就再也不跟你抢山主了！"她拽着我的手就往外走，一丝拒绝的机会都不给我。

我回头看向玖非夜，他正靠在窗棂边，嘴角一抽一抽，脸上的表情显得极其无语，估计是表白被太多人听到不太好意思了。

我拉了拉渺渺："你确定要跟我打吗？"

"干吗？怕被我揍成猪头啊，怕了你就认怂吧！"渺渺一脸凶横。

小丫头口气倒不小，我是怕把你揍狠了，回头雄渺渺找我报仇，这一来二去的，冤冤相报何时了？

天空碧蓝如洗，微光铺洒在一片金碧辉煌的建筑上，远远看着，就像拔地而起的华丽堡垒，当真是好看极了。

我咋了咋舌，实没想到妖界的人效率这么强，不过一晚上，原本被玖非夜毁得乱七八糟的宫殿就焕然一新，果然人多力量大啊！

妖王似乎知道我要来，看到我并没有多大惊讶，连我提出要和他来一场交易时，他脸上也没有露出一丁点讶异，倒是冥月顶着那张麻将脸，不时朝我射来一阵阵阴冷的目光。

"你想拿你自己来换混元镜？混元镜可是上古神器，你的性命能值几个钱？"他的态度格外嚣张。

这家伙，还真是打不死的小强，被玖非夜揍了那么多次都还能精神百倍地站在这里，难道说龟精都很耐打？

"我的性命不值钱不要紧，最主要是凤幽的性命值钱，妖王不是说了这世间能救凤幽的只有我吗？"我挑衅地看向妖王。

妖王好像并不在意，看我的眼神就像看着一巴掌就能呼死的小蝌蚪："本座依你所言，你留在这里当人质医治凤幽，本座让冥月将混元镜送给帝涟月。"

呵呵，以为我傻啊！让冥月去送，混元镜能到帝涟月手里才怪呢！

"不劳烦冥护法了，我自己有人。"我甩了甩袖子，将之前就收在里面的人丢出来，为了以防万一，我早就和太子商量好了方法。

"猪头天蓬？"

妖王和冥月一见到我暗中空运过来的人，脸色倏地就黑了，不知是很难相信我的智商突然之间有了一个质的飞跃，还是很难相信出来的人是天蓬！

"委屈大帅了。"我朝天蓬露出一个谄媚的笑容。

"刚才是谁骂我猪头的？"

我指了指妖王，天蓬那双与凤幽极像的璀璨眸子冷冷地弯起来："妖王是很久没刷牙了？还是很久没照镜子了？"

一箭双雕，这句话既鄙视了妖王狗嘴吐不出象牙，又鄙视了妖王的长相，所有人都听出来了。妖王猩红的瞳仁一睁，气得说不出一个字，想来对他的长相，妖王自己也是心知肚明，没有任何信心的。

天蓬面色不愉，抖了抖自己的白衣，顺了顺偶觉的长发，把自己弄帅了，这才微微笑了："既然已经达成协议，相信妖王定是一言九鼎之人，把混元镜交出来吧。"

妖王铁青着脸，十分不爽地从怀中掏出东西丢了过去："走好，慢走不送！"

天蓬接过混元镜，慎重地放在嘴里咬了咬，这才揣进怀里兜着："少主保重。"然后他转身摸了摸我的头，像个长者一样慈蔼地叮嘱道："记住，有时候名节并没有那么重要，你是男儿身，不怕的。"

想什么呢？我留下来是给凤幽治病的，又不是……天蓬这头猪怎么会这么猥琐！

我正想嘲笑他几句，可是那头猪已经飞速化作了空中的一道星芒消失了，奇怪，以前怎么会觉得他帅呢，真是瞎了眼！

我不知道妖王为什么答应得这么爽快，只道是妖王太过在乎凤幽。反正东西交给天蓬拿回去，我的任务也算完成了，而且还及时阻止了一场浩劫，想想都觉得自己特别伟大，我为自己的奉献精神深深折服。

冥月将我带去凤幽的殿里，凤幽正躺在床上，周围有四五个婢女在小心翼翼地侍候他，他的脸色比我上次来的时候还要苍白，一点血色都没有，整个人呈现出病入膏肓的那种憔悴。

"凤幽，你怎么了？怎么会这样？"我连忙担忧地奔了过去。

凤幽没料到我会突然出现，望着我怔了好久，之后他以手支床，强撑着想坐起来，我连忙将他按了回去："你别动，凤幽，你这是怎么了？"

面对我的询问，冥月嗤笑一声，硬邦邦地说道："天眼门里受的伤又不

是寻常的伤口，哪会那么容易好，公子虽然体虚，但至少儿千年的寿命是没有问题的。可公子为了救你，倾泻了本身的妖法，又受了那么重的伤，如果没有你的灵力护养，公子的身体就会一日日衰退，然后死亡。"

冥月的语气并不重，却压得我喘不过气来，如果凤幽出了事，我怎么对得起死去的玲姑，怎么对得起自己的良心。

"是你将云冬抓来的？"凤幽的目光渐渐变得幽暗。

"不是，是我自己来的。"在冥月说话之前，我先一步解释，并对她们说，"我不会让凤幽死的，你们都下去吧。"

婢女们集体退出房门，冥月目光不善地盯了我一会儿，也从外面将门关上走了。

屋子里一下安静得连掉根针都能惊天动地，司命老头儿之前说过的话又在我耳边温和地响起，他说天眼门所受的伤没有任何丹药神物可解，或许我的灵力是唯一的办法，他还要我把凤幽带回星君殿让他看看，才能知晓能否完全治愈。

我来也是为了这个目的，凤幽我是一定要救的，刀山火海我都要救！

"凤幽，你可愿跟我离开这儿，我想让司命老头儿帮你看看，他可能会有办法救你。"

凤幽摇了摇头："不用，我无大碍，你不必为我忧心。"

都这样半死不活了还叫我不要忧心，我心里一酸，决定这一次要违背他的意愿而行，伸手甩了甩左边的袖子，两道微光扑闪而出，眨眼就化成了常休和琉心。

常休捂着胸口咳嗽了几声，琉心冲过来一把掐住我的脖子："你个死丫

头做事磨磨叽叽的，我差点儿就憋死了！"

"可是你自己死活要来的啊——"我被她掐得脸红脖子粗。

琉心从鼻孔里哼了哼，才以大人不计小人过的姿态饶恕了我，凤幽莫名其妙地看着我们几人，闷闷地道："你们——"

"救你啊！"琉心接话倒是接得快，人家才说了两个字，她就心有灵犀地知道别人要说什么了，"救人如救火，云冬，师兄，你们快来帮忙！"

她奔过去就扶起凤幽，架起他的半边身子，我见状连忙跑过去架起他的另外半边身体，常休看了我们两个女人一眼，发现没有自己的用武之地："你们确定要这么架着他回去？"

我想了想："要不然抬着？"

"好，你抬前面还是我抬前面？"琉心立刻附和。

常休瞬间对我们无语了，他走上前，干脆手一挥，把我们化入结界之中，飞身离开妖界。凤幽的身体很是虚弱，可一路却仍然不停地问我，我们谁也没有说话，像屁股着火一样火急火燎地往星君殿赶，那速度也是有史以来从未有过的快。

司命老头儿早早就在殿里等着了，看到凤幽就先给他来了一针，扎在他的脑门上，凤幽挣扎了下，双目就缓慢地阖上了。

那一针扎得连我在旁边看着都觉得疼，我急得大叫一声："星君，您把他扎晕干吗？"

老头儿摸着他的胡须笑道："他现在有气无力，老夫要进入他的神志查看怕他受不了，扎晕了反而没那么难受。"

没看出来老头儿这么体贴，我们三人退散到一边，看着老头儿进入凤幽

神志，又为他卜卦命运。

显示出的卦象似乎很杂乱，我看不太明白，只感觉老头儿仿佛陷入了沉思，一双沧桑的眼睛紧紧盯着卦象，一个字也不说。

他没开口，我们不敢发出声响，也不知道过了多久，忽然听到老头儿幽幽地叹了一声："凤幽这小子，没几日活头了。"

"老头儿，您别瞎说，他还年轻！"我迅速扑到他身边，红着眼睛瞪着他。

老头儿一个劲儿地摇头："他的卦象前所未有的乱，乱，说明他命运复杂，他是个好孩子，可从上面来看，他是一个被诅咒的人，妖王作恶多端，为祸苍生数万年，他的报应都落在了凤幽身上，所以他才天生无心，一个被天地怨灵诅咒的人怎么可能有心，而没有心脏却能活这么久，已经是在常理之外了，老天也算是对他厚待了。"

老头儿算得一点儿也没错，凤幽确实没有心脏，正因为没有心，所以他的寿命是有限的，可现在却因为我，而导致他有限的生命极速缩短，甚至马上就快面临死亡。

我顿时急得像热锅上的蚂蚁："星君，您救救他，您一定有办法救他的，求您救救他！"

琉心也走过来，脸色难得正经起来："师父，凤公子是个好人，他不该死的，该死的是妖王！"

常休也在一旁补充道："老头儿，你若有办法就说出来，否则以后漫长的生命里别想有好日子过了，肯定会被她们两个烦到你分分钟想自杀，况且……"他顿了一下，"他不该替他父亲承受那些诅咒。"

　　老头儿负手站起，从门外眺望遥远的天际："这就是命运，谁也改变不了。"

　　"不，我爹曾说过，事在人为，他的法力不及妖王千分之一，可他临死前用真元化的结界却生生挡住了妖王那么多年，所以我相信一定有办法可以治好凤幽的！"我倔强地坚持自己的信念，怎么也不肯相信凤幽这么年轻就到了无药可医的境地。

　　"你爹的真元威力可是非同一般，加上当年妖王在大战中受的伤还没有恢复，是以他并没有采取多么强硬的手段，也或许他在等一个时机……"

　　妖王在等什么时机呢？我仔细听着，老头儿却没有再说下去了，他朝我招了招手："云冬，你过来。"

　　我走到他身边，老头儿历经世事变迁的脸上一派淡然，但目光却充满了怜悯，看着我慢慢道："云冬，凤幽的阳寿已经用完了，如果你一定要救他，唯一的办法就是你。"

　　"老头儿，你这话是什么意思？"常休皱起眉，替我问出了心底的疑惑。

　　老头儿发白的胡须被微风吹得向右倾斜，一双睿智的眼睛似看透了世间的一切，又似什么都不曾看透，朦朦胧胧的忽然变得不真切起来。

　　"上万年前的仙妖大战，未渊重创妖王后，仅剩的元神拼尽毕生修为化为一道强大封印，将混元镜封印在天眼门内。而你，云冬，你就是未渊化的那道强大封印，天眼门内蕴含天地灵气，你生长在里面，封印的灵力凝聚成形，最后有了神志，投身到了落霞山，这也是你生来自带灵体的原因。"

　　"师父，你没算错吧？云冬是未渊上神化的封印？她不是人？"琉心惊

骇得眼珠子都快瞪出来了，原本就大大的眼睛这么一睁，挺吓人的！

呃……你才不是人呢！

我啐她一句，心里郁闷得想死，心跳嗖地从零飙到五百，又唰地从五百飙到零，这狂野的落差比蹦极还酸爽，我大惊失色地看着老头儿："我……真的不是人啊？"

常休一副快崩溃的样子，他大概以为我在极度震惊过后会问一个特别深奥，或者特别富含技术含量的问题吧。

可我已经懵了，除了这个实在想不出什么了，而且我确实很在乎这方面啊！我爹要是知道我是道封印，还不气得从坟墓里跳出来！

不过好歹是远古神籍未渊上神的封印，多少也能有点安慰吧。

"云冬，该不是你贪图世间的繁华，从天眼门里跑出来投胎，然后才让混元镜解开了封印，落到妖王手里的吧？"琉心一副挖到能震荡五湖四海的超级大八卦的表情，兴奋地嚷嚷起来，末了又双手合十念念有词："阿弥陀佛，作孽作孽啊！"

被她这一说，我的心里也忐忑起来，常休拍了拍我的肩膀道："别听她胡说，即使你没有投胎，妖王也会想尽办法拿到混元镜。"

"你应命而生，此事你无须自责。"老头儿见我们几个小辈咋咋呼呼的，不由轻轻一笑，淡淡地道，"妖王这回如此轻易就将混元镜交出来，只怕事情没有那么简单，你是封印凝聚成形的，所以你的血和体内的灵力也是唯一能开启混元镜的东西，老夫想，妖王这些年一直找你，一定是想用你来开启混元镜，所以你务必要小心。"

"难怪这么多年他一直抓着我不放，他还说我是唯一一个能救凤幽的

人。"我大怔之下连忙抓住老头儿的手，"老头儿，我到底怎么样才能救凤幽？"

老头儿叹了口气，念了一句"傻孩子"，这才悠远地说道："要想救凤幽，除非用你毕生灵力聚成一颗心脏化在凤幽体内，他才能活下去。"

我心里一喜，凤幽有救了，可听到后面猛然大受震动，搞了半天，原来只有以命换命才可以救凤幽，可我要是死了，玖非夜怎么办？

他一个人那么孤寂地走过了这些年，现在好不容易愿意接受我陪着他，要是我也死了，玖非夜会怎么样？他还会再遇到下一个女子吗？那个女子会像我爱他一样爱着玖非夜吗？

还有啊，我还没有活够呢！一身壮志还没有施展开，就这么英年早逝，好不甘心啊！

"师父，就没有别的办法了吗？云冬不能死啊！"琉心的脸上难得浮现出焦虑来，常休秀气的面容也阴沉如水，眉头皱得能夹死苍蝇。

"你说什么？云冬……为什么会死？"一道孱弱的声音从我们背后响起。

我回头一看，凤幽不知何时醒了过来，他走过来抓着我，眼神亮而发冷："云冬，告诉我，发生了什么事？"

"没事。"我抬起头给了他一个大大的笑脸，"凤幽，星君说你的身体有救了，我先送你回去，你在家里等我几天，只要几天就可以了，我绝不会让你死的。"

琉心和常休听出我的言下之意，一人抓我的手臂，一人抓我的肩膀，不约而同地喝道："云冬，不可以！"

　　"呆子，我把琉心就交给你了，你以后要好好照顾她。"我看到常休深蓝色的瞳仁紧紧一缩，拉下他们的手，嘿嘿一笑，"呆子，再帮我把凤幽送回去吧。"

　　常休点头，琉心在一旁叫道："我也去！"她说着，飞快地架起凤幽的半边身子，低着头不去看任何人，可眼泪却从她的眼底不断地坠落在地上，我还是第一次看到她流泪，性格这么大大咧咧的人，居然也会哭鼻子。

　　再说，我这不还没死吗？

　　我架起凤幽的另外半边身体，和常休几人驾云而行，头顶的夕阳温暖和煦，风拂过脸颊亦不觉得冷，我回头朝司命老头儿挥了挥手，他还负着手站在廊下，带着一身的慈祥和悲悯，目送着我们远去。

第十章

仙子，你命里缺我

我们并没有顺利到达妖界，因为还没出仙界就被人拦住了去路，妖王带着人把我们里三层外三层地包围起来，他指着我愤愤地说——我偷了他的儿子！

凤幽的目光却渐渐变得幽暗，望着眼前的人群道："我们从妖界堂而皇之地离开，你不可能不知道，父亲，你是故意让云冬带走我，然后好以这个理由在此等着她们？"

妖王哈哈一笑："不愧是我妖王的儿子，比起仙界的人不知聪明多少倍，可惜老天不开眼，让你生来便异于常人！"

"若不是你作恶多端，凤公子也不会这样！不知廉耻的老东西，是你害了你自己的儿子！"琉心气得破口大骂。

"休要挑拨离间！"冥月拔剑怒指琉心。

妖王邪邪地笑着，脸上没有一丝为人父亲该有的担忧："分明是老天要与本座作对，毁我凤儿一生，可老天越是如此，本座就越是不会让它得逞！扶桑云冬，仙妖两界平和了近万年，今日因你大开杀戒，可并非本座的过错！"

"妖王，虽然不知道你是如何拿到混元镜的，但你早知道只有我才能救凤幽，是以千方百计要凤幽娶我，好让我心甘情愿地医治凤幽，可同时我也是唯一能开启混元镜的人，你以为得到我就可以一箭双雕，可惜你错了。"

我对妖王露出一个讥嘲的笑容："救凤幽和开启混元镜，两者只能择其一，不知妖王会选择哪一个？"时到如今，我终于明白上次帝涟月和司命老头儿两人欲言又止的话了，放言要我嫁给妖界当儿媳不过是欲盖弥彰，妖王真正的目的还是我的灵力。

可我终究不能如他所愿，等我救了凤幽，除非是玖非夜恢复冲破轮回的禁锢，恢复上神的记忆和神力，否则这世间再没有人能开启混元镜，这样最好不过了。

妖王听罢，脸上的笑一点点收敛，凶狠地与我对视，眼珠猩红得像要爆裂开来："你都知道了？司命那个老东西都告诉你了？知道又如何，本座想得到的东西就没有得不到的！"

凤幽何等聪明，此时也全然明白了所有事情，他挣开我们的手，缓身定定地望着我："你说找到了可以救我的办法，就是牺牲你自己？"他眸光微闪，扯开唇角温柔一笑，"云冬，如果要用喜欢的女子的性命来换自己的命，你觉得我能够安心地活下去吗？"

"云冬，你对我这么好，我很开心，可是你不明白……"凤幽的话没有说完，便转身一步步朝前面走去，临走前我听见他低低地对我说了三个字："对不起"。

我还在想我不明白什么，他又哪里对不起我的时候，妖王已经一声令下，所有妖怪朝我们几人飞扑而上，一瞬间嘶喊声、刀剑相撞的声音盖过了所有，我怔了一下，也与众人交战在一起，暂时将那句话的用意抛诸脑后。

很久很久之后，我才忽然明白那三个字的分量，凤幽他绝不会让我以命换命，会说对不起，是因为他觉得不能陪我一起到永远了。

现在两方交战十分激烈，而且还是在天界之内，整个天象眨眼就变了，艳阳被乌云取代，黑压压地顶在头上，预示着一场狂风暴雨的到来。

我们总共只有三人，凤幽虽也在帮我们的忙，但到底体力不及，旁人不敢伤他，可妖王却封了他的穴不让他动，他努力朝我使眼色，并朝妖王怒喝："父亲，天生万物自有它的规律，你与仙界原本就不是一个世界，即便称霸了天下又如何，天道轮回，终有一日你又会被别人所取代……"

"闭嘴！"妖王阴冷地吼道，怒其不争地剜了凤幽一眼，然后飞身朝我打来，我正与冥月酣战，不妨妖王在背后偷袭，正郁闷得想破口大骂，一道白影却猛然扑过来，将我紧紧地抱在怀里。

是凤幽不顾一切地冲破穴道护了我！

不！我在心里极尽所能地呐喊！

我瞪大眼睛看着他，和他一起栽倒进云层中，身后的妖法在凤幽背上轰然炸开，我只觉视线一黯，一股急剧的血腥入鼻，凤幽口中吐出的血喷了我一脸。

"凤幽！"我听见自己发狂的尖叫声。

"云冬，我没……"凤幽还想说他没事，可一张口又吐出满嘴的血，我的脸、脖子、白衣被他的血染得通红。

他长长的睫羽轻轻扇了几下，抿紧唇对我笑，示意他没事，可同时他的喉结却在拼命震动，我知道那是他将不断喷出的鲜血全部吞回肚子里了。

那一刻的恐慌让我整个人都忍不住颤抖起来，我感到了前所未有的绝望，伸出颤抖的手去擦他的嘴角，胡乱地用力地擦着，整个人被巨大的悲伤完全笼罩住了。

凤幽的眼睛忽然一闭，撑在我两侧的双手也跟着一软，朝我旁边翻身倒了下去。

"凤幽？"

我大惊大恸，擦血的手猛然缩了回来，坐起身疯狂地摇晃他的身体："凤幽，凤幽你醒醒啊！凤幽你不要这样，只要你醒过来我什么都答应你！凤幽……"

我满眼泪水，转头定定地看向妖王，目光中的森冷和仇恨浓得仿佛要溢出来，浑身所有的毛孔都在叫嚣着"我要杀了妖王，一定要杀了妖王"，可我知道，现在更重要的是马上救凤幽。

"畜生！居然连你自己的亲生儿子都杀！"我红着眼睛，歇斯底里地吼道，"妖王，我诅咒你不得好死！"

混乱的打斗因我的怒吼静了一瞬，琉心可能被我癫狂的神色吓着了，跑过来紧紧地抱住我："云冬，你冷静点儿！"

"我很冷静！"我一把推开琉心，坐下去抱起凤幽的上半身，伸手按在他背上，将体内的灵力源源不断地朝他输送过去。

呆子和琉心担忧的呼喊不断传来，没一会儿又出现兵戈相击的打斗，但对我来说，周围的一切都不再重要，此刻我唯一的希望就是希望凤幽能活着，能好好地活下去。

妖王见我不顾性命地救凤幽，蓦然像疯了一般狂笑起来："皇天不负有心人，本座等的就是这一刻！"他两手一张，黑色身影如同一只庞大的苍鹰骤然向我飞来，在我头顶倒转而下，右手猛地伸出，狠狠地按在我的头顶。

我身体一僵，只感觉正在输送给凤幽的灵力全部转了方向，从我头顶一

蹿而上，悉数被妖王吸了过去。

"妖王，你个畜生！你快放开云冬！"我听见常休惊愕和害怕的喊叫。

我回头朝他望了一眼，视野里却是漫天的黑和铺天盖地的红，我脑海里灵光一闪，忽然就明白了，方才我问妖王在凤幽和混元镜之间他会选择哪一个，其实妖王早就做出选择了，他选的是后者，他要的是力量，征服天下的力量。

否则凤幽都快死了，他为何一点儿都不心疼，甚至还要来夺我的灵力，阻止我为凤幽救治。天地忽然间暗沉得吓人，黑云一点点压下，仿佛整个天地马上就要崩塌了。

我的灵力逐渐消失，身体也慢慢失去了力气，按在凤幽背上的手垂了下去，凤幽没了支撑，身子跟着软软地倒下，我也一头栽倒在云层中。

妖王的周围施了结界，琉心和常休拼命想过来，却被结界弹了回去，又被冥月和大妖们缠在中间，他们大声呼喊着，可这些声响最终都淹没在打斗声中。

也不知道过了多久，空中的黑云突然被什么烈光撕开，拨云见雾，一下子半边天空光芒大盛，一抹熟悉的玄影就那样震撼而又猝不及防地降落在我面前。

所有人都被这突如其来的一幕惊得愣了一瞬。

玖非夜双眸喷火，来不及看我一眼，手中寒芒乍现，燃着红莲业火的长剑轰然就朝妖王刺了过去，透明的结界被一剑劈碎，红与幽蓝相衬的火势在空中抛出一道长长的尾巴，一黑一玄的身影迅速交融在一起。

"玖非夜，又是你来破坏我的好事！"妖王勃然大怒。

玖非夜目光森寒："之前饶你一次，你却不识好歹，今日我便杀了你以绝后患！"

空中妖气缠绕，黑色与幽蓝像两道巨大光束纠缠而上，两人就在这中间忽上忽下你来我往地打，而下面冥月和常休等人继续陷入酣战。

我费力地睁大眼睛，他们的打斗在周围形成一股股强大的气压，不断从我的眼窝里刮过，有些刺冷。目光往后越去，视线中却见又有一群密密麻麻的人冲了过来，那一张张脸我均认得——是太子帝涟月和天庭的众仙家，天蓬还有他的天兵天将。

这场打斗竟将所有人都引过来了，可恶的是我的身体，因为灵力消逝得太多，此时已渐渐不能支撑，后背的长发披散开来，身子渐渐变成我才刚成人的样子，衣裳一寸一寸地化散开，眼看着就要将身体暴露在众人之前。

我期待着旁人都去关注正在打斗的妖王和玖非夜，可是怎么可能，我和凤幽像死尸一样躺在这里，满脸是血，触目惊心的场景让人想假装视而不见都不行，众仙家们都纷纷望了过来。

"住手，仙界岂是你们能任意胡来的地方！"帝涟月不带丝毫感情的声音冷冰冰地响起，一道仙法甩去就将冥月击飞了，然后他看向了我："云冬？你没事吧？"

你看我像没事吗？都吐血三升了像没事吗？身上的衣裳一件件裂开了像没事吗？我有事！我有事得很！你快带着你的一众属下闪开！要么闭上眼睛也行啊——

别过来！求你们都别过来！我拼命在心里拒绝和呐喊着，几乎快要哭出来了，这是要逼死我啊！

"琉心，常休，你们还不过来！"司命老头儿救徒心切，把琉心和常休都拽回了自己身边。

除了玖非夜和妖王，冥月等人的打斗很快停了下来，所有人都朝我这边看了过来。

这里妖仙两界的人齐聚一堂，在这时候暴露就太疯狂了，我的这张老脸以后该往哪里搁啊？我惊慌失措，无论是喊别人帮我还是自己遮羞，我都已是无能为力，只能羞愤欲死地闭上眼睛。

眼睛闭上之后，耳朵就会异常灵敏，我听到众人倒抽凉气的声音，接着身上一暖，我被拥进了一个熟悉的怀抱。

我吃力地睁开眸子，眼底倒映着玖非夜那张俊美逼人的脸，他在我的身体暴露之前将玄色外衫脱下来紧紧地裹住我，手里握着的正是我化散的裹胸布，一道狐火骤燃，裹胸布便在众人震惊的目光下烧成了灰烬。

此起彼伏的惊叹声在众仙家中响了起来——

"扶桑少主……怎么会是个女子？"

"这是怎么回事？扶桑一族的少主竟是个丫头，这岂不是犯了欺瞒之罪？"

"对啊，此乃欺君啊！"

纷杂的声音此起彼伏，帝涟月寒着眸子朝身后一扫："闭嘴！"众仙家们立刻噤声了。

我已经不想去在乎这些事了，反正太子和妖王等关乎我命运的人早就知晓了，我无所畏惧，只要没在众仙家面前暴露身体，保住了我的名节，我就安心了，可话又说回来，我的名节不是早就没有了吗？

玖非夜垂眸亲了亲我的额头："别怕，我不会让你有事的。"我想对他笑一笑，可还没笑出来，眼泪先一步滚落在他胸前，模糊的视线中，我看到他的背后突然盛开的黑影，妖王手中的黑雾正朝他劈头斩下。

"玖非夜，快让开！"我脸色大变，拼尽全力想扑身上去，却听帝涟月一声厉喝，在那道黑雾即将斩下之时，飞快地伸手一阻，冷芒与黑雾相撞，砰然炸裂出火花，又消逝在空气中，可那股震荡却仍旧打在了玖非夜的背上。

他急吐一口鲜血，眼中蓦地射出两道红光，我抓紧他的衣襟正忧心不已，却感觉他的身体像火烧一样滚烫，我有些害怕，低弱地喊了一声："非夜？"

玖非夜上挑的眉峰轻拧，看上去像是正压抑着某种不知名的痛苦，他一只手抚住头，另一只手将我拥得更紧了些。

"怎么，堂堂妖王竟也乘人之危？"天蓬淡淡一笑，带着人挡在妖王面前。

帝涟月见妖王一时无法近身，走到我们身边，冷声问："这是怎么回事？"

司命老头儿掐指一算，轻声笑了一下："太子莫急，妖王的这一击应该是打醒了他体内属于未渊上神的记忆和神志，该是好事。"

帝涟月蹙眉不语，嘴角却破天荒地漾起一抹细微的笑。玖非夜的身体突然光芒大盛，红莲业火像巨龙一样冲上半空，然后又渐渐消散融化在玖非夜的体内。

兴许那股痛苦异常剧烈，他双手一紧，抱住我扬头大吼一声，我感觉我

的身子都快被他勒碎了。

"帝涟月，将混元镜还给本座！"妖王隔着重重人群怒道。

帝涟月抬头看了他一眼，冷淡地说道："混元镜本就不属于你，何来还你之说！"

那头的妖王忽地笑了，脸上张扬的神情仿佛混元镜已是他的囊中之物："你以为你拿走了混元镜，那东西就牢牢地属于你了？本座既然能双手送给你，就有本事拿回来！"

帝涟月讽笑一声，并没将他的嚣张放在眼里。仙妖两界的人就这样僵持在云层中，谁也不肯先妥协一步。

玖非夜身上的光芒也一点点淡去，他的头似乎也不剧痛了，额头的那颗堕仙印迹忽倏一闪，瞬间由滴血之红变成透明的银色，紫色的眸子宛如沉默了数万年的深海，镇静从容，绝美的脸上是大浪淘沙后的淡漠，比起从前，仿佛多了一些什么，三千银发飞扬在风中，亦仙、亦妖、亦魔！

气势磅礴而沉稳，美得让人睁不开眼！

我仔细地看着他的眼睛，穿过那双漂亮的眼底，我似乎看到了另外一个人——未渊上神！

他抱着我站了起来，身上那股尊贵从容又沉如冰霜的气息越来越庞大，他每走一步，脚下就生出一朵盛开的血色红莲，当他走到妖王身边时，云中的红莲已经漫延了半个天空。

所有人都惊呆了！

"凤真，别来无恙。"还是那样清凉却寡淡的嗓音，可我却总觉得有什么不对，玖非夜似乎变成了另一个人。

而且他直呼妖王全名，妖王竟然还有一个这么好听的名字，真是出人意料，白瞎了这个名字！

"封印在天眼门内凝聚成形而投身成云冬，在她投身时会将天眼门裂开一条缝，你想必是趁着这个机会进去盗走了混元镜，一万年前没能杀了你，是因混元镜的出世，这次绝不会放过你，你好自为之。"

他说完，返身朝帝涟月看了一眼："荒原，这里就交给你了。"

他丢下一个重磅炸弹，施施然飘远了，留下一众仙家和一众妖怪像被雷劈焦了一样杵在原地！

当然，这两个字把我吓得也差点魂魄出窍！他喊帝涟月"荒原"？难道说帝涟月是荒原上神的转生？

妈呀，这惊悚的消息一个接一个，叫我怎么承受得住啊？我的脑容量确实也承受不了这么多爆炸的消息了，头一歪，就昏倒在了玖非夜怀里……不！应该说是未渊上神的怀里！

昏倒之前，我还下意识地把自己的身体缩着，生怕让上神觉得我太重了，被大神抱着的滋味，真的好特别！

屋子里的空气有丝莫名的冷，我知道身边有人，鼻息间还能闻到悠悠的青草香，是熟悉的香味，可我的右眼皮却抽筋似的跳个不停，此乃凶兆啊！

我在醒与不醒之间拼命挣扎，冷不防一道寡淡的声音蹿入我的耳朵，就像一桶冷水直直从我头顶淋了下来："既然醒了，还不睁开眼睛？"

我激灵灵打了个寒战，唰一下把眼睛撑开："呵呵……上神，早啊！"站在我面前的人一身玄衣，依然是银发紫眸，可眉间的殷红却不复存在，被

透明的银光所取代，若隐若现的看不真切，周身散发的气息也越发冷冽霸道。

明明还是那张令人惊艳的脸，却仿佛隔了一层薄雾，总觉得不是那么对味儿，尤其他现在这样用一种不近人情的眼神看着我的时候。

他望了一眼窗外，淡漠地道："现在是晚上。"

我往外一瞅，呃，的确黑黝黝一片，什么也看不见，屋内烛火通明，他修长的身影投在床前的地板上，拉出一条长长的暗影。我活动了下身体，发现已经恢复得差不多了，想必是他救了我，上神就是上神，这么快就恢复了我的元气。

"你什么时候又跑去妖界了？还和凤幽在一起？"他微微眯起眸子，从里面射出强烈的压迫感和危险。

我吞了吞口水，同时心里也有点疑惑，上神问我这个干什么？但我仍是抓紧被角老实地回答："凤幽生病了，我带他去找星君看病。"

"凤幽受的是神的诅咒，你以为是谁都能治好的吗？"他神情一冷，脸上渗出一股冲天怒火，一把抓住我的衣襟将我提了起来："扶桑云冬，你是不是想用自己的命来换凤幽的命？"

我的菩提老祖啊！好可怕的眼神啊！

心脏跳得飞快，血液齐刷刷地往头顶冲去，我感觉快要爆血管了："上……上神……"我都快上气接不了下气了，不能先松松手吗？

"快说！是不是！"他用力摇晃着我，非要得到一个答案。

我被他晃得都快吐了，霎时也来了火气："是又怎么样！这跟你有什么关系！"吼完我又有些后悔了，眼前的人可是未渊上神啊，不是以前处处让

着我的玖非夜，万一他发狂了，别说尸体，只怕连骨灰都回不到落霞山，我娘亲一定会哭死的。

果然，我吼完这句话，他的脸色来了个三百六十度大转变，一下子阴云密布，一副山雨欲来风满楼的架势，我缩了缩脖子，心想这下完了。

他瞟着我，咬牙道："你再说一遍！"

"说就说！我就是要救凤幽，我愿意跟他一命换一命！不要你管！"冲动是魔鬼啊，我这嘴巴怎么就不听话呢，知不知道什么叫覆水难收啊！

我在心里毫不留情地扇了自己几个耳刮子，真是自作孽不可活啊。

"你想为他去死？"他怒极反笑，提着我衣襟的手越攥越紧，又猛地一松，把我像丢垃圾一样掷在床上，"好，很好，既然不要我管，那你就滚！"

玉白的指尖往门外一指，他厉声大喝，扭过头再也不看我一眼。

我也是有脾气的！被人家指着鼻子往外赶了我还不走，那也太对不起扶桑少主这个名号了，我爹说了，不要臣服在别人的淫威之下，尤其我是个女儿身，绝不能让人看扁！

"滚就滚！"我爬起来风风火火地就往外冲。

上神连半个眼神儿都没给我，冷声斥道："滚了你就别回来！"

"回来就是你孙子！"

我格外有骨气地反斥，反手"咣当"一声甩上门走了。

可是没出半个时辰，我就灰溜溜地回来了，外面太黑了，若是碰上什么不干净的东西太不划算，而且这大晚上的，我又能去哪里？

"爷爷，我回来了，您开个门吧！"我从门缝里朝内张望，伸手"砰砰

砰"地使劲拍门。

房内没有丁点动静，烛火还亮着，可却连半个人影都没看到，我毫不气馁地继续拍打："爷爷，我错了，我不该和您顶嘴，外面太黑了，而且走夜路容易碰到鬼，爷爷您就开开门吧！爷爷……爷爷您在吗？"

"你不是滚了吗？"身后突然响起一个阴沉沉的嗓音。

"妈呀……"我吓得跳了起来，回头一看，上神不知道何时竟出现在我背后，一脸鄙视外加格外冷淡地瞥着我。

"门没锁，你不会自己进去吗？"他冷哼道。

不早说！害我手都快拍肿了！

我不满地白他一眼，但见他显然还在气头上的样子，也不敢将他惹毛，转身推开门走了进去，上神的脸色在烛光下忽明忽暗，我往床上横着一躺，抬眼瞥他："上神爷爷，您把玖非夜还给我吧？"

上神的嘴角抽了抽，大概是觉得我把他叫老了吧，可是以他的年龄来算，做我祖宗都绰绰有余了。

我想了想，硬着头皮问："那个……您到底是未渊上神还是玖非夜啊？"

"你说呢？"他不答反问。

我要是知道还能问你？我又想了想，坐起来道："你们俩不会是合体了吧？"

对方俊脸一垮，似乎被我的高智商给打败了，走过来伸手赏了我一个栗暴，怒道："如果我是未渊，我才不会管你的死活！"

谢天谢地，他是玖非夜！我顾不上头上的痛，喜滋滋地蹦下床："玖非

夜，你回来了！"

玖非夜没好气地扭过头："我一直都在。"顿了一下，他可能觉得有必要解释之前的转变，哼着气儿道，"我只是恢复了未渊的神志和神力，其他的并没有变。"

"太好了，吓死我了，我以为你不见了！"我拉着他的手摇啊摇，却被他一下甩开。

"明天，乃至以后，你若是再敢去找凤幽，我就打断你的腿！"气氛才缓和了一下，玖非夜又冷冰冰地瞪我，脸色凉薄得真像个煞神，若不是他长得帅的话，早被人打残了。

放完狠话，他朝我一挥衣袖，来无影去无踪地消失不见了。

我瞪着漆黑的门外，这才后知后觉地想起来——这间房原本就是我的啊，我为什么要听他的话出去滚一圈又回来呢？

翌日清晨，我找遍了整个山头都没看到玖非夜的半个后脑勺，问了渺渺才知道他去天庭找洛天雪了，我不知道他到底去干什么，可有些东西还是不要执着的好，不然这场劫无论如何都度不过。

我直奔太子的正宁宫，没想到玖非夜和洛天雪真的在那里，我生怕玖非夜动手揍人，赶紧快走两步，刚走到拐角的窗口，就见洛天雪满身怒气，指着玖非夜泪水涟涟地诉说着什么。

我偷偷靠过去，听到玖非夜淡声道："灵儿，你如今性情大变，皆是因情丝外泄所致，这些情丝流落在人间各处，附身在凡人身上，这些年来我逐一将情丝收在了定魂珠内，待我还给你，你就会变得和以前一样善良了。"

　　玖非夜说完从怀里掏出那颗定魂珠递过去，洛天雪看着他的动作，并没有伸手去接："非夜，你知道当年快死的时候，我为什么要让涟月剥离我体内的情丝吗？"她眼神一冷，痴痴笑了，"因为我恨你们！我恨我爱的人不爱我，不爱的人却偏偏宠我，我什么也没有得到，却要遭受天谴这样残酷的惩罚，我不甘心！"

　　"善良有什么用？上一世我比谁都善良，却只落得那样凄惨的下场，在被烈火焚烧的时候，我就发誓，如果还有来生，我一定要让你们尝到比我重千倍万倍的痛苦！"

　　洛天雪朱唇殷红，眸光清亮，笑着看人的时候有种叫人欲罢不能的艳丽，然而她唇角带笑，眼底却忽然滚下泪来，似痴缠又似嘲讽："你们都觉得我错了，可是我错了吗？我被天罚的时候你们在哪里？涟月你口口声声说爱我，天旨降下后你却一个字都没说，最后还亲手将我送上断头台。你说错了就是错了，是的，在你的眼里，便是一腔深情也抵不过你骨子里的正义，你觉得我一个凡间俗人不能爱上你的弟弟，可你呢，你何尝不是爱上了我？"

　　一直沉默的帝涟月听了这话，面色一沉，一抹痛楚从脸上一闪而逝。我惊愕地捂住嘴巴，生怕气喘大了被他们发现。

　　打死我也想不到，藏在这段感情背后的居然还是三角恋！竟还有这等惊天内幕？

　　——帝涟月爱洛天雪，洛天雪却爱着玖非夜？

　　——玖非夜是帝涟月的弟弟？是天君之子？

　　我的如来佛祖哇！这玩笑开得也忒大了吧？

　　我被劈得五脏六腑都颤了颤，还没消化完，又见殿内洛天雪痛彻心扉地扬起唇角，转身指着玖非夜："你呢？一个我愿用性命去爱的人，你又在哪里？当我以一个凡人之躯去承受剥骨削肉之痛时，你们知道我有多绝望吗？你们不会明白！不会明白的！"

　　洛天雪说到最后竟哈哈大笑，我明白她此刻的情绪，笑容越大，心里的空洞就越大，爱而不得本身就是一种折磨，可最后她还因此受到伤害，甚至失去生命，难怪现在的她变得比谁都狠。

　　"天雪，以前的事都过去了。"帝涟月依然面无表情，可眼底却溢出一丝无奈，"我虽喜欢你，可这注定是不可能的。不救你是因为我有能力不让你消失，你死后我用半生修为凝聚你的魂魄，将你送入轮回，每一世我都看着你长大，直到你投身到羽族，重新来到我的身边。也许是我太自负了，只想到如何把你留在身边，却忽略了你的感受。"

　　玖非夜眉心紧拧，似是怎么也没想到当年事情的真相竟是这样的，他抿着唇，许久都没再说话，好半晌后才将定魂珠抛向空中，施法把里面的情丝抽出来送回洛天雪身上，洛天雪一开始拼命挣扎，可她被玖非夜困在结界里面无法动弹，直到情丝全部与她的血液整合，玖非夜才收回了结界。

　　洛天雪一直闭着眼睛，睁开眼的刹那，看向玖非夜的眼神像是要把他活活嚼碎一样，弥漫着比之前更甚的滔天怨恨："玖非夜，我恨你！"她又看向帝涟月，神情可怖地一步步往后退，目光在两人之间来回交换，捂住头含恨而绝望地道："你们凭什么一次又一次地决定我的人生！凭什么？"

　　她的所有情感，前世的、今生的、美好的、痛苦的应该通通都想起来了，所以情绪才会那么激烈。她满脸泪水，摇着头杀气腾腾地瞪着两人：

"你们从来都是高高在上，你们有高贵的血脉，所以你们可以枉顾我的痛苦，操纵我的人生，以后不会了，这次换我来操纵你们！"

洛天雪艳冠群芳的美丽脸蛋因激动漫上一层潮红，嫩得儿欲滴水，她抹开泪水，眼神刹那间变得晦暗黯淡，像是对某些人某些事一瞬间心如死灰："涟月，你最看重的是你的太子身份，它捆缚了你，让你不敢逾矩一步，我来帮你好不好？让你得以自由好不好？"

帝涟月一震，还不及说些什么，洛天雪又道："非夜，你从前无拘无束，无牵无挂，可现在你有了想守护的人，你喜欢扶桑云冬，她成了你的软肋，我帮你除掉她怎么样？"

"洛天雪！你敢！"玖非夜警告地看着她。

"你看我敢不敢！"洛天雪望着两人痛苦的表情，悲凉地笑了，在她说完这些话后，她的额际忽然冒出一丝黑气，然后一颗纯黑色的印迹就深深地烙在了她洁白的眉心。

——洛天雪堕仙了！

我的眼珠子差点儿脱出眼眶，玖非夜和帝涟月两人也难以置信地朝她靠近："灵儿？"他们同时担忧地唤道。

洛天雪摸了摸额头，疯狂地大笑起来："好！好啊！"她最后看了一眼两人，身子一纵，从大殿里飞入空中，清亮而狠绝的尾音在殿外久久地回荡——

"我一定让你们痛不欲生！"

我站在外面怔怔地眺望着她离开的方向，连玖非夜什么时候走的都不知道，直至司命老头儿到来，拍了拍我的肩膀，我才恍然回神。

"星君，你来迟了，错过了重头戏。"

"是吗？已经结束了？"星君气喘吁吁地吹着胡子。

我看着他一摇一晃的白胡须，定了定神问道："星君，您知道玖非夜的身世对不对？玖非夜与太子殿下是兄弟？可为什么……"我抿了抿唇，后面的话在喉间挤了半晌，就是不知道该怎么说出来。

好在老头儿聪明，还没问完就明白我想知道什么，他负着手，无奈地笑了笑："你是想问玖非夜与太子殿下既然是兄弟，为何会发展成现在这个地步是吧？"老头儿摇头望着高空，像在努力回忆当年的点点滴滴，"玖非夜与太子殿下的确是同胞兄弟，当年太子降生之时，十几只白凤在天宫盘旋整整三天，最后排成一个大大的"祥"字才高鸣离去，所有人都为之欢呼高兴，可奈何天有不测风云，太子殿下出生后，紧跟着而来的却是一只弥漫着冲天妖气的雪狐，天宫之中怎能容忍妖的存在，而且还是天君之子。"

老头儿回头望了望我，大概是想看清我脸上的表情："天君很震怒，认为是妖魅作祟，当下便要处死这只妖狐，可仙家之人到底慈悲为怀，终是没有处死他，只将他关押在天牢之中，可那妖狐日渐成长，法力迅速飞增，一百年后就逃出了天牢，最后靠一己之力修炼，竟从一只狐妖修化成仙，最后成了让所有人刮目相看，甚至名震三界的非夜神君，再后来，他在凡间结识了身世可怜的凡俗女子石灵，同情也好怜悯也罢，他将她带回了天庭。"

说到这，老头儿的目光越过窗棂，望着里面的人："太子殿下是心疼这个弟弟的，玖非夜好不容易才摆脱了那些痛苦的日子，从此没人敢再对他放肆，也没人敢骂他是妖精，可石灵若继续待在仙界，留在他身边，天君势必不能容忍，太子殿下不想他被石灵毁了，只好毁了石灵，同时他又是心疼石

灵的，所以在石灵死后，才不惜以半生修为为代价，势死都要保住石灵的魂魄。"

"当年的这些事都被封锁了消息，仙家们谁也不可提及，可你与他们有缘，也是时候知道了。"

老头儿眼底沉稳，一派堪破世俗的仙骨风范，可就像他说的到底慈悲为怀，那双不再清浊的眸子在说完这些后，也不禁隐隐透出一丝淡淡的红。

他是在为命运而感怀吧，感怀命运的无常。我捂着发疼的胸口，已经不知该如何形容得知真相后，胸腔里那股残忍的抽痛，玖非夜他竟然有那么黑暗的过往，未渊上神的真身是狐妖，大抵天底下没有几个人知道吧，是以那时也没人知道玖非夜其实是未渊上神的转生，一只满身戾气的狐妖出生在天界，这样的后果可想而知……

命运弄人啊……可与此同时我又很感谢这残酷的命运，因为它把我带去了玖非夜身边，我一定不会让他再像以往那样孤独，一定不会的！

"小丫头，别伤心，那些痛苦都已经成了过去，只要挺过了这个劫，你们还有很长很长的缘分。"老头儿宽慰地摸着我的头，见我点头，他探过脑袋往里面望了望，拉着我走了进去。

帝涟月正面无表情地坐在榻上，墨发从他胸前斜落下来，遮住了他深邃的目光，虽然他看上去若无其事，可那双紧握的手却昭示着他此刻的难过和哀伤，他曾那样深深地爱过洛天雪，他以为自己掌控了一切，到头来洛天雪却告诉他——他错了。

听到我们的脚步声，他也没有侧头来看我们，只是坐在那里一动不动，淡漠又孤傲的身影仿佛都要随风化了去。我突然为他感到悲哀，他坐在这个

位置上，终其一生都不可能去过随心所欲的生活。

高处不胜寒，他孤独而寂寞地站在最上面俯视众生，整个苍穹都在看着他，他不能错一步，所以他宁愿损耗半生修为来救洛天雪，也不能违背天旨违背律例让一个凡人在天庭搅乱风云，或者搅乱他弟弟好不容易得到的地位和生活，即便那个凡人，是他喜欢的女子。

因为他知道，他那样爱她，而她那样爱着玖非夜，终有一天三个人都会酿成大错，到那时一切都迟了，尤其是她和他弟弟。他确实太聪明，给了三个人重来的机会，以一种可以正大光明在一起的机会涅槃，可他算到了所有，却没算到他的弟弟会一夜堕仙，甚至对他满腹怨仇，更没算到她会恨他，那么深地恨着。

现在她走了……往后孤寂漫长的岁月都只有他一个人，怅然而孤独地走过，该有多可悲啊！

"太子殿下……"我弱弱地唤了一声。

没有得到回应，帝涟月连姿势都没有变一下，只有风擦过耳旁，吹起他的三千墨发。

司命星君轻轻地叹了口气："太子殿下，缘起缘灭都在一瞬间，看似开始，却可能是结束，而以为结束了的，往往才是刚刚开始。虽说缘由天定，但就像丫头说的，事在人为，福是祸，祸亦是福。"

老头儿摸着胡须，又说了关于他们三人曾经的一些事，我这才知道，原来洛天雪原本也是仙，原来他们三人的缘分竟牵扯了好几世。

上万年前，洛天雪还是苍穹之巅前池子里的一株荷花，荒原上神与未渊上神时常在一起坐在池边下棋，有一天，荷花开得正旺，荒原上神好不容易

赢了一回棋局，心情大好，抬眼望着池中最美的那朵荷花，随口就夸了一句那朵荷花真漂亮，未渊没出声，却亦对着荷花轻轻一笑，这便是他们三人的缘起。

后来混元镜的出世，仙妖之间骤发一场大战，两位上神大破妖王，几乎同归于尽，让妖王神魂俱损。未渊仅剩的元神拼尽毕生修为化了一道强大封印，将混元镜封印在天眼门内。两位上神真身虽死，可魂魄不散在世间盘亘了很多年，终于修复完整，入了轮回转生，而那朵荷花因受了两位上神的仙缘点化，也入了轮回，化成了凡人石灵，这才报了两位上神当年的点化之恩。

老头儿说完这些，嘴里还一直念叨着："莫强求，莫强求……"

帝涟月这才回过头来看了我们一眼，目光仍然冷而摄人，却淡淡地说道："星君放心，一切都会过去。"

是啊，一切都会成为过去……我望着眼前绝代风华的男子，忽地对他生出一股滔天的崇拜之情，我总觉得自己的胸襟已经够宽广了，谁曾想太子殿下才是博大精深之人，他的胸襟，估计容纳浩瀚宇宙都不在话下！

第十一章

只要你需要，我总是在的

时间过得真快，一转眼，碧霄山就已经入冬了，狂风吹拂，在身上无情地刮过，顷刻间就能让人冷到骨子里去。

呆子回碧霄山了。他还是喜欢独居的生活，大概是因为写作需要安静。听说我和玖非夜的故事已经快写到结尾了，琉心时不时会看一下。

洛天雪自从堕仙后就失踪了，她扬言要杀了我，却一直都不见踪影。我知道，该来的总会来，人间不是常说，是福不是祸，是祸躲不过。而司命老头也说过，祸即是福，谁说得准呢。

现在最让我担心的就是我们的劫，还有凤幽的身体，上次给了他许多灵力虽能保他数天，可到底有限，也不知他怎么样了。玖非夜是不可能放任我去找他的，即便我去了，妖王也必定会抽空我的灵力来开启混元镜，不可能让我救凤幽。

在落霞山无忧无虑地过了那么些年，来碧霄山的短短时间竟历经了那么多的人和事，从来唯恐避之不及的凤幽成了不可或缺的至交，被称为大魔头的堕仙玖非夜也成了心中无法割舍的人，三界闻名的大作家呆子居然变成了共患难同生死的兄弟，以及琉心、洛天雪等等，这一切都是我曾经想都不敢想的事情。

"你傻笑什么？牙床都露出来了！"玖非夜见我发呆，忍不住伸手戳了戳我的脑袋。

我和他正坐在暖榻上看呆子的新书，呆子说让我们看了后给点意见，我们俩熬了一个通宵都还没有看完，现在正顶着硕大的黑眼圈恶补，玖非夜对自己在书中的形象大为不满，一晚上把呆子骂了几百次，还用红笔画了很多的圈圈叉叉在上面，十分认真。

我倒还好，只要呆子不把我写成智商骤降二百五的"傻白甜"我就很满足了，所以研究并不像玖非夜那么认真，时不时地就走神，最重要的是，我实在困到不行了。

"我牙床白吗？"我打了一个哈欠，咧大了嘴。

玖非夜白了我一眼："牙床白你就死了！"

还能再吉利一点儿吗？

"玖非夜，整本书上全是你的圈圈点点，要是这么大篇幅的修改，你还不如直接告诉他重写得了。"我脑海里浮现出呆子看到书时，一口老血狂喷的画面。

玖非夜指着书中某一处恨恨地道："他居然说我是天下第二！还有这里，你看看，居然说我是断袖，喜欢上了一个小白脸！怎么可能！"玖非夜鼻息里溢出一丝冷哼，显然十分不满。

我站起来在他身边转了一圈，凑过去笑道："怎么不可能，我不是小白脸吗？"虽然我的女儿身份全天下都知道了，但穿了八百年的男装我已经习惯了，到如今依然是女扮男装的打扮，大家也看习惯了，竟然没有一个人觉得碍眼，当然也习惯把我当成一个还算有点姿色的小白脸。

玖非夜似乎这才恍然大悟，嫌恶地看了我好几眼，蹙着眉在上面画了个叉："小虽然小了点儿，但总还是有的，我不可能是个断袖。"

斩钉截铁的话瞬间让我万箭穿心……这个挨千刀的！他竟然当着我的面耍流氓！

"玖非夜！你无耻！"我怒吼一声。

玖非夜头也不抬，继续在画本上圈圈点点。

我低头看着自己的手，犹豫着是一巴掌把他呼死还是一脚把他踹死，还没做出个决断来，房门突然被人推开了——雄渺渺一个箭步冲进来，高声喊道："山主，洛天雪那个堕仙来了！她说要见您！"

我和玖非夜同时抬起头，玖非夜沉吟了一会儿，才淡声问道："她在哪里？"

"就在碧霄山外，她说不屑进来，也不想看到……扶桑少主，所以……"雄渺渺抬眼望了望我。

"怎么，玖非夜你不敢出来？"从外面传来洛天雪的千里传音，缠缠绕绕地回荡在整个山谷中，"玖非夜，不管你来不来，我都在苍穹之巅等你，上一次你失了约，你欠我的。"声音细细浅浅，似是已经远在天边了。

玖非夜目光沉静，把画本放在榻上，转过来对我说了句："在屋里等我，我去去就来。"然后便飞身走了。

雄渺渺见玖非夜离开，张嘴似是想说什么，还没说出口就突然被雌渺渺占了先机，变成雌渺渺的样子，她指着我恨铁不成钢地骂道："你是不是猪啊？人家拐男人都拐上门了，你还不去追！"

我懒懒地躺在榻上："等我先睡一觉再说吧，我太困了。"

"没出息，你不追我追！"雌渺渺哼着气儿跑了。

可她跑了没出一分钟又尖叫着跑回来，我刚刚准备会周公就被这声惨烈

的杀猪声给吓醒，抬眼一看，她已经站在了我面前。

"扶桑云冬！你还不起来，凤公子来了！"她一副惊魂未定的样子。忘记说了，自从上次她无意间看到过凤幽得天独厚的美貌后，一颗少女心就从玖非夜那里移情别恋了，天天把"凤公子"这几个字挂在嘴边。

当然，我也挺激动的，一听到凤幽的名字，瞌睡立刻烟消云散，从榻上一弹而起："凤幽来了！人呢人呢？人在哪儿呢？"

雌渺渺刚想带我出去，凤幽却先一步走了进来，他还是一袭湛白的衣裳，气度清贵灼华，举手投足优雅而迷人，满头乌发只用一根发簪固住，在烈风中轻柔飞扬，他往门口一站，就好像一幅栩栩如生的画，而他就是那颠倒众生的画中人。

"凤幽，你还好吗？你怎么来了？"我焦急地奔过去问道。之所以焦急，是因为我看到他神色黯然，一双好看的眼里尽是担忧和思虑，甚至还微喘着气，显然是奔波了许久。

他没回答我的话，拉住我就急匆匆地往外走："云冬，我父亲集结了妖界众多小妖来抓你了，这一次他势必不会放过你，他手中有混元镜，即便有玖非夜在，你怕也难以逃过。我们先离开再说，否则就来不及了！"

"凤公子，你说什么？"雌渺渺尖着嗓子喊了一声，"妖王来了？"

我被他拉着走，听了这话也吓得几乎失措。玖非夜去了苍穹之巅，妖王选择这个时候来，碧霄山的小妖们还有我几乎没有什么反抗之力，而且他还有混元镜！他怎么会有混元镜呢？况且妖王来得太过巧合了！

这样想着，我不禁顺口问了出来："混元镜不是在太子殿下手里吗？"

"你还不知道吗？"凤幽顿了下，边走边说，"洛天雪没堕仙前，就和

父亲联系过，上次你被带去妖界就是洛天雪透露的消息。她堕仙后，就干脆和父亲联了手，她从帝涟月那里拿到了混元镜，然后给了父亲，她想借父亲的手杀了你。"

太子果然还是不忍的，竟连混元镜都轻易给了她，我知道洛天雪想杀我，可没想到她居然会和妖王联手，这样说来，此次事情这么赶巧，肯定是他们两人的调虎离山之计。

不！也许并不止这些！洛天雪说过，会让玖非夜和太子两人尝受千万倍的痛，除了想杀我之外，她还想毁了太子，也就是说……

她的目的并不是杀我这么简单，她那么高傲的一个人，不可能屈承妖王，她不过是借妖王之手开启混元镜，让天下大乱！这是她送给太子的回礼！

我浑身一震，因这样的想法而惊颤起来，如果我猜得没错，那么洛天雪她应该并没有去苍穹之巅！

"凤幽！我们可能逃不了了！"我拉住匆忙跨出院门的他，朝追上来的渺渺道，"渺渺，你快去通知常休，让他去苍穹之巅找玖非夜，就说碧霄山出事了，如果琉心也在，就让她赶紧通知太子。"渺渺上不了天庭，此刻这里能上去的就只有呆子了，如果不能及时通知玖非夜，即便我今天主动让妖王带走，洛天雪也不会放过碧霄山的任何一只妖。

"来不及了！你以为本座会给你们通风报信的机会？"高空传来一道阴恻恻的笑声，接着天色一黯，一片乌压压的黑云笼罩在碧霄山上空，妖王的黑色身影随即从高空一冲而下。

"凤幽，你枉为本座的儿子，竟处处与我作对！"妖王眼神阴冷，双目

通红地看着凤幽，又转向我："今日你们谁也别想离开，碧霄山就是你们的葬身之地！"

他说着朝身后挥了挥手，所有妖怪全部从高空俯冲直下，黑沉沉的一片几乎要击垮我的理智，妖王似乎想速战速决，是以碧霄山的小妖们只怕性命难保。

"父亲，你不能这样！枉遭杀孽，你就不怕遭天谴吗？"凤幽目光疼痛，几欲撕裂。

"天谴？本座从来都不信这些！"妖王就像一头蓄势待发又凶残无比的狮子，一挥手，漫天的黑暗便铺天盖地朝我们扑来。

我心里从未有过这样的仓皇，不由朝妖王大声道："妖王，你不要乱杀无辜，我愿意把性命给你，你不是要灵力开启混元镜吗？我都给你！"

厮杀冲天而起，四面八方都传来刀剑刺入皮肉的声音，如锦帛横中撕裂，华丽而残忍，妖王张扬地狂笑，手掌已经朝我抓来："你的性命本座自己拿！你死，他们同样也得死！"

空气中扬起漫天的黑雾，我已经看不清周围的情况，只听到尖锐的惨叫和呼喊，身旁的冥月已经和渺渺、老鼠精几人打得不可开交，凤幽和我一起抵挡他父亲，可妖王的修为高出我们太多，没出数招，我们已经浑身负伤，他还不顾凤幽身体的虚弱，将他远远地打飞出去。

"凤幽！"

一袭白影重重地撞在院墙上，又跌落在地，我心里大疼，却没办法过去救他："虎毒尚不食子，老东西，你好狠的心！"

妖王用黑雾缠住我，竖手为刃，朝我的左肩飞快地斜削下来，鲜血立即

像喷泉一样从伤口急射而出，我的半边脸都被红血染透了，锥心刺骨的疼痛蜂拥而至，整个左肩仿佛断掉了。

"云冬？"

黑雾中，呆子和琉心狂奔过来，想必是琉心在呆子那里玩，听到动静前来相助的，琉心摸着我的肩膀，带着哭腔道："云冬，你的手是不是断了？"

"断了还能挂在这里吗！"我咬着牙道。

此时，凤幽也重新站了起来，虽然再加上他们两人，我们已有四个人，可要对付妖王，只怕也是力所不及。

"云冬，玖非夜呢？"呆子着急地问。

我摇了摇头："他去了苍穹之巅。"

呆子脸色一沉，意识到了事情的严重性，妖王看着我们几人，突然放声大笑起来："既然来齐了，那本座就一并解决了！"

他一手取出混元镜，另一手打出巨大的雾气，隔空一抓，黑色的雾气翻腾，那速度快而猛烈，我还来不及反应，就被黑雾缠住脖子狠狠地拖了过去。妖王抓着我的头，先是一掌震碎了我的心脉，接着用黑雾将我整个捆了起来。

黑雾越捆越紧，我感觉那股气息像藤蔓一样，勒得我快喘不过气来了。透过纷飞的黑雾，我隐隐看到凤幽他们试图冲进来救我，可哪里是妖王的对手，妖王六亲不认，完全不顾一丝一毫的骨肉亲情，凤幽三人被他打得通通只剩下半口气。

最后，凤幽拼尽全力一挣，一道妖法打去，将妖王手中的混元镜击向了

半空，妖王一怔，飞身上去接，可他到底慢了一步，洛天雪不知从哪里冲出来，以迅雷不及掩耳的速度抢走了混元镜。

众人一愣，洛天雪举着混元镜傲慢无比地看着妖王："妖王，你太慢了！杀个人而已，竟然拖到现在还没有解决，我对你很失望！"

她站在半空俯视着众人，那种睥睨的眼神无情而冷酷，我心下大震，她果然没去苍穹之巅，这也证明玖非夜应该很快就会赶来了，是以她才迫不及待地露面。

"洛天雪，你竟敢出尔反尔！"妖王怒形于色。

洛天雪不甚在意地扫了他一眼，冷冷一笑："那又如何，玖非夜在苍穹之巅没看到我，想必会马上折返碧霄山，时间已经不多了，我可以比你更快地开启混元镜，你何不拭目以待！"

她的话即使是相询，也是蔑视而不容反驳的，她转向我，目光如同刽子手手中的长刀，笔直地刺过来："扶桑云冬，你去死吧！"

"洛天雪，你不能这样，就不怕玖非夜恨你一辈子吗？"琉心试图唤回洛天雪的理智，可她并不知道，其实洛天雪早已不在乎玖非夜的恨了，因为在此之前，她便已经与他们决裂了。

"恨又如何，不恨又如何，我连自己的命都不在乎了，还在乎他做什么！他恨我与否早就不再重要了！"洛天雪眉间的印迹黑沉如污水，语气是如此的深恨绝厉，她杀气腾腾地朝我伸出一只手。

不过一眨眼，源源不断的吸力又开始了，这是羽族的独门仙术，就像天眼门的那个旋涡一样，我整个人不受控制地朝她飞去，她的手按在我的心口，一股狂猛之力穿梭进去，我仿佛听到了心脏破碎的声音。

鲜血毫无预警地从嘴里喷了出来，像淬了毒的玫瑰，深红得触目惊心！

"云冬！"下面传来凤幽和呆子两人肝肠寸断的吼叫声，琉心也在尖叫，带着从未有过的歇斯底里："洛天雪，你个臭婆娘！你杀了云冬？我跟你拼了！"

我好像看到琉心的身影在我面前闪过，转瞬又被妖王打了下去，随后倒映在我眼底的就只剩下一片刺目的红。洛天雪把我的血滴在混元镜上面，混元镜像受到了强烈的刺激，猛然射出了异常强烈的光光芒。

不好，她要开启混元镜了！

我看得目眦欲裂，想大喊，可一张口就是满嘴的血液，无奈之下只好拼着最后一丝力气，双手快速捏了一个诀。时隔数月，我又再次使出了绝招——幻海葬花。

时光仿佛静止了一瞬，我的视野之内是触目可及的漫天冰凌，雪花如同狂风暴雨把整个碧霄山的高空都掩盖下来，像海上的滔天大浪一样在空中嘶吼咆哮着，卷着遮天蔽日的锋利冰锥袭向洛天雪。

所有人都怔住了，我也怔住了，有生以来，第一次把幻海葬花耍成功了，却没想到是在这样生死存亡的情境下。

洛天雪一边用仙法抵挡，一边结界，可即便她拼尽全力，也无法阻挡幻海葬花的力量，无数的冰锥像有意识般迅速地穿透了她的身体，扎眼的红浸透她的衣裳，再缓缓坠落尘埃，她仿佛感觉不到痛，连哼也没有哼一声，只是嘴角和身上的血迹昭示着她伤得不轻。

"扶桑云冬，我倒是小看你了，没想到你还有这一招，竟还能伤得了我！"她哈哈大笑，整个人像是陷入了疯狂一般，全然不在乎身上的伤，一

边避开冰锥，一边将自己的独门仙术施在混元镜上，然后把混元镜对准了我。

当混元镜与我的灵力相触的那一刻，霎时天地变色，一股谁都无法抗拒的翻天之力从混元镜里狂泄而出，整个世界都仿佛开始摇晃起来。

我被混元镜发出的巨大光芒罩在里面，心脉已碎，早已动弹不得，灵力被源源不断地往外吸走，只能模糊地看到无数的光影来来去去，之后便是一阵无法抑制的惊颤和愤而冲天的怒吼——

"天雪，你住手！"

"云冬！"

两道同样冰冷怒喝的声音，可我知道来自不同的人，是帝涟月和玖非夜赶来了。也好啊，在死之前还能再看他们一眼，只是又一次……我满身鲜血地躺在他们眼前。

混元镜的光芒消散了，身子被玖非夜拥入怀中，我吃力地撑开眼睛，努力想看着他，想要把他的模样深深地刻在脑里。

"玖非夜，你真……是乌鸦嘴，我现在快……快死了，牙床是不是都……都白了……"我作势还朝他咧了咧嘴，可每一次张口，就有无数的鲜血涌出来，我想这个画面真的很吓人，幸好自己看不到，不然一定会晕血。

玖非夜双眼厉红，愤怒、震惊、害怕，种种情绪全部浮上他的眼底，他抱着我痛不欲生地低吼："闭嘴！不许说话！你不要说话！我马上给你输入仙气，我不会让你死的！不会的……"

"没用了，我的五脏六腑都碎了，心脉也碎了。"我打断他，握住他微微颤抖的手，小声道，"快去……阻止洛天雪，把混元镜封印起来，混元镜

已经……开到一半了……"

玖非夜却根本听不进我的话："如果我救不了你，那不如干脆让所有人和你一起陪葬！"他的话语冷冷的，有种从来不曾见过的狠绝。

混元镜一旦开启，世界就要乱了，而且这场杀戮死了太多人，若不阻止，后果难以想象。我费力推了推他，小声道："去吧，帮我报仇。"

四个字刚落，我看到他的紫眸里一闪而过的沉痛和杀意，他淡淡地说了一声好，放下我身形就化入了半空。

周围扑鼻而来的都是浓厚的血腥味，天庭似乎来了许多人，帝涟月和玖非夜这两个曾经的上神又一起联手大战妖王，仙妖两界又是一场昏天暗地的打斗。

混元镜的光四处飞散，那狂泄的力量源源不断地往外涌，洛天雪整个人已经陷入癫狂，披头散发地立在空中笑着，并将她的毕生修为全部倾注在混元镜中，天地骤然化作一汪黑色的深海，那股能翻天覆地的压迫像一张巨大的网，沉闷得令人窒息。

"洛天雪！你疯了吗！"玖非夜的紫眸被血丝浸得赤红，情急之下，使出一道仙法重重地打在洛天雪胸前，并夺过了她手中的混元镜。

洛天雪仰头吐一口血，泪水瞬间就从眼角冲刷下来，含恨笑道："上一世是帝涟月杀了我，没想到这一生轮到你了，此生是你欠我的，是你一直欠着我！司命星君总说因果轮回，此生你杀了我，也许下一个轮回你为了偿还，便会爱上我的……"

她满脸苦涩，却又痴痴地扬起唇角："玖非夜，我要你还给我！把你欠我的通通还给我！"

她大喊着说完这些，浑身再无一丝力气，从上空直直地坠落下来，"砰"的一声，我眼睁睁看着她砸在我面前，染血的头发四散，衣裳铺开如花，像一朵绝望中的红玫瑰。

"洛天雪？"她今天害死了碧霄山那么多人，我应该恨她的，可看到她鲜血淋漓地躺在我身边，我的心竟也有一丝莫名的疼。

说到底，她也只是因爱成恨的可怜人，她本就已经功力散尽，如果没有玖非夜那一掌，她也活不成了，可她偏要撑着，撑着他对她出手，亲手杀了她，这样他们的缘分就会一直牵连。

我很想问她——用死来成全这场羁绊，值吗？可最终没能问出口。

洛天雪睁大眼睛看我，目光无情，却亮得吓人："扶桑云冬，虽然我输了，可你……也没有赢。"

她说完笑着闭上眼睛，身体虚化成影，神魂俱散，逐渐消散在空气中。

我的目光也渐渐涣散，甚至已经看不清周围的一切，天地好像狂烈地颤动了几下，又缓缓恢复了平静，我听到很多人在叫我的名字，还感受到凤幽那双始终温暖的大掌紧紧地握着我的温度。

"凤幽，你……别怕，我会……救你的……"我是这样的不想死，拼着最后一口气也要睁眼看看他们，很多人围在我身边，担忧地望着我。

妖王似乎已经在玖非夜和太子的连攻下彻底消亡了，冥月也灰飞烟灭了，碧霄山的半边山都变成了废墟，所有人都狼狈得不成样子。

帝涟月这个向来冷漠的人，也微微红了眼眶——殿下，小仙的使命终于完成了，在最后的一眼，您给小仙笑一个吧？

琉心和呆子泪流满面——两人连眼泪滑出的方向都是一样的，不愧是天

造地设的一对师兄妹，以后要好好照顾对方哦！

凤幽白皙的面庞扭曲得一点都不帅了——凤幽，以前都是你保护我，现在换我来保护你一次，你等我。

玖非夜——我那么深深地喜欢着的人。

我竭力睁着眼看着他，泪水一下子滚了出来："玖非夜，你别哭，我不会让你孤独的，即便我不……不在了，我还在你……身边……"

玖非夜的眼泪滴在我的脸上，一点一点地融进我的灵魂："云冬，我不会让你离开我的！我不允许你离开！不管需要多少年，我都一定会救活你！"

他的音色嘶哑，带着哽咽，我伸手去摸他的脸，却最终没有摸到。

玖非夜，你不会一个人，只要你需要，我总是在的。

我趁神魂消散的瞬间，将所有灵力全部聚集成一颗完整的心脏，缓缓送到凤幽的心口。没了灵力的支撑，我的神志开始烟消云散。

慢慢地，我记不清我的样子，记不清发生过的点点滴滴，记不清到底是谁曾在我生命中疯狂地闹过——

扶桑云冬，你是猪吗？

扶桑云冬，自恋是病，得治！

伤你的修为怎么了？有本事你也来伤我修为啊。

即便她样样都不及你，也是我喜欢的人。

所有所有的一切，都变得遥不可及了……

尾声

林府是京城的大户人家，世代为官，已巩固了百年基业，可到了林白玉这一代却是单脉相传，"官宦世家"这个名头一下子断了，林老爷到死都还在为林家的香火忧郁。

可怜林白玉膝下亦只得一女，最让人心疼的是——林白玉的女儿也生了个女儿。连林白玉都忍不住感叹，是不是自家祖宗的坟头没有埋好。

然而世事难料，林白玉外孙女降生的那天，屋顶金光普照，把全京城的人都晃花了眼，据说那个小丫头一生下来就只笑不哭，一双眼睛水灵灵的，格外秀气可人。

赵青山欢喜得不得了，给她取名长生，逢人就夸自家外孙女多可爱多漂亮，其实他不知道，在他们看不到的地方，天天都有好几尊仙家大神默默地嫌弃她丑。

长生十天的时候，仙人来看她了——

"赵青山太有先见之名了，居然给云冬取名长生，他怎么知道她将会回归仙位？"琉心看着睡在小床上的女娃娃，啧啧称叹，"云冬投胎后长得好丑啊，皮肤没以前好，眼睛也比以前小，快赶上曾经的妖王了，是不是，凤幽？"

"云冬长成什么样都是漂亮的。"凤幽微笑着把长生抱起来，还没焐

热，下一秒立刻被人抢了过去。

"你不要乱摸她，她是我的女人！"玖非夜霸道地宣示自己的主权，把还没满月的长生紧紧地扣在胸前。

呆子和凤幽脸色顿时一黑，琉心却笑得直不起腰来，可怜的云冬，才生下来十天就被这个疯子给独占了。

琉心想起这几十年来，也确实只有"疯子"二字最足以形容玖非夜，他为了救云冬，用定魂珠拼尽数百年的功力将她的魂魄聚集起来，然后又费了近一千年的功力修复，最后才将她送入轮回。

这么多年，他一刻都不曾停歇，"云冬"两个字就是他心底最深的执念，等啊等啊，终于等到了长生，他每天都守在林府，看着云冬，陪着云冬，谁欺负云冬，他就在暗处阴人家。

有一次，赵青山把云冬逗哭了，玖非夜那个小气鬼竟然伸脚把赵青山绊了个狗啃屎，赵青山一把年纪不仅闪了老腰，还把仅剩的两颗门牙给磕没了，赵青山心疼地号了一个晚上。

是以现在每次看到赵青山，琉心就特别想笑。

长生八岁的时候，仙人又来了——

"师兄，上神天天都待在林府，你说他是不是每天都看云冬洗澡？"琉心八卦地问。

"玖非夜会有这么……吗？"凤幽偷偷看了看玖非夜，"无耻"两个字梗在喉头，硬是没有说出来。

常休白了两人一眼："他何止无耻，他以前就偷看过，你听过狗改不了

吃屎这句话吗？"

琉心赞同地点点头，看着上神的眼神从以往的崇拜掺杂了一点点鄙视，玖非夜满含杀气地瞪向呆子："你曾经不也有偷看过？"

"什么？"琉心一听，立即追着呆子就打，两人满院子地跑。

长生正在吃饭，似也隐隐听到了这些谈话，朝左右飞快地扫了几眼，大声嚷嚷起来："什么人鬼鬼祟祟的？给本小姐滚出来！"

常休拉长着脸，边跑边道："云冬越来越凶了！"

"我教的，怎么了？"玖非夜的气焰非常嚣张。

兴许是他的眼神太可怕，琉心扭打着一不小心现出了仙身，扑在长生桌前，把一桌子饭菜全打翻了。

众人一惊，琉心却趴在地上镇定自若地打招呼："嗨，小云冬！"

长生睁大眼睛，筷子和下巴一起"吧嗒"掉地上了："——鬼啊！"

此次事件之后，长生生怕再遇上鬼，跑去修仙了，时间飞逝，一转眼，长生就十八岁了，这次玖非夜把别人都赶走了，自己一个人蹦到她面前——

"云冬。"多么清洌好听的嗓音，但是……

长生上下扫他一眼，突然一把抽出长剑："啊呀……万年狐狸精？看我不收了你！"

他忘了，她修仙了。

"扑哧"一声，他的屁股好像被刺穿了！

他恍然想起，很多年前，他撞倒了落霞山的神柱，被她三箭齐发，同样射在屁股上，那时候的她和现在一样嚣张，同样口口声声地喊着他"狐狸精"。

彼时他逃离了她，如今他要的，却是永远和她在一起，永远都陪伴在她身边，即便她现在不记得他了。

从前一直是她在追，现在该换他了。

好在一切都还不晚。

《晚安·当一切入睡》

毕淑敏／著

当整个世界被黑夜笼罩，万籁俱寂时，总有些人躺在床上辗转难眠。迷茫的未来，挣扎的生活，厌倦的工作，困惑的情感，繁重的学业……这一切如同卡在喉咙里的鱼刺，让活在这个复杂社会里的我们感到异常难受。

于是，那么多个夜晚，你听过风见过雨，却因糟心事、负能量缠身而无法入睡。

中国第一心灵作家毕淑敏

首次尝试"晚安"故事，
用真实的所见所闻，给你无限正能量，
陪你温暖入眠。

《晚安·当一切入睡》
《晚安·夜风相伴》
《晚安·明晨有最美的太阳》

"晚安"系列全三册

每册精选毕淑敏老师多篇美文，
篇篇都是模范文章。

在这复杂纷扰的世界里，
总有几个如清风般的故事，
会在深夜来临时，
和你温声道晚安。

毕淑敏，中共党员，国家一级作家，内科主治医师，北京作家协会副主席，北京师范大学文学硕士，心理学博士方向课程结业，注册心理咨询师。

著有《毕淑敏文集》十二卷，长篇小说《红处方》《血玲珑》等畅销书。她的《学会看病》被选入语文（人教版）5年级上册第20课。

作者简介

曾获庄重文文学奖、小说月报第四、第五、第六届百花奖、当代文学奖、陈伯吹文学大奖、北京文学奖、昆仑文学奖、解放军文艺奖、青年文学奖、台湾第16届中国时报文学奖、台湾第17届联合报文学奖等各种文学奖30余次。

我愿"和你"浪迹天涯

—— 在孤独的路上遇见你，所以我的孤独里全是幸福

八个触动人心的故事，**八段**迥然不同的人生。
麦洛洛蛰伏多年后，为你讲述旅途中的刻骨铭心。

我愿陪你浪迹天涯，
我愿与你诗酒琴画。

你去过什么地方 ✓

河北	☐	山东	☐
辽宁	☐	黑龙江	☐
吉林	☐	甘肃	☐
青海	☐	河南	☐
江苏	☐	湖北	☐
湖南	☐	江西	☐
浙江	☐	广东	☐
云南	☐	福建	☐
台湾	☐	海南	☐
山西	☐	四川	☐
陕西	☐	贵州	☐
安徽	☐	重庆	☐
北京	☐	天津	☐
上海	☐	广西	☐
西藏	☐	内蒙古	☐
新疆	☐	宁夏	☐
澳门	☐	香港	☐

麦洛洛用一段大理的过往讲述了许许多多**刻骨铭心**的故事。
亲爱的你，又去过什么地方，**遇到过什么样的人和故事呢？**

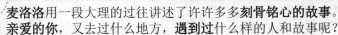

把你去过的地方、经历过的故事写下来，微博晒《**我愿与你浪迹天涯**》并@瞳文社和麦洛洛，就能与大家一起行山河万里，见人海人山。

在心爱的"玩具"——白小萌被独狼杜重牢牢护住之后，可怕少女白小梦的目光便转向了茉莉学院三怪之一的风间澈。

这个行踪成谜，喜欢戴面具和穿黑色斗篷的绝世美少年到底藏着什么秘密呢？要越过其他两个怪男神接近他，似乎并不好办。

不过，她白小梦最喜欢有难度的游戏了……

狠辣、颠覆传统的另类女孩，

百 能 力 玩 转 人 心 ！

她那么"坏"，却又那么可爱！

国民级"祸水"女主角，
百变校花成长记事！

青春校园大神☆艾可乐☆颠覆打造

超另类个性少女&水晶心灵的假面少年

人气爆笑奇幻校园系列再续，

献给也曾那么倔强、那么骄傲的你！

新时代个性少女宣言：

我们不做娇花，要做像龙故

白小梦那样美丽坚强的女王！

漫漫征途 **4** FENGMING DALU

风鸣大陆

强势出击!

少年的**成长**,不单是身体的变化,更多的是内心的坚韧和**力量**。

修伊,他曾经是低下的仆役,饱受折磨和痛苦。

他背负着仇恨和反抗命运的**梦想**。

自从他毅然走上**反抗**之路,便再不能回头。

从历经黑暗岁月的仆役到精通魔法武技的**最强全能炼金师**,这条路他走得艰难而沉稳。

当仇恨让修伊走上自强之路时,他永远也不会想到,那个被他强压在心底的女孩——兰斯帝国公主艾薇儿,正在茁壮成长。她在爱情的鼓励下,不断寻找着导致修伊仇恨的真相!

兰斯帝国强悍的邪恶力量,修伊该如何应对?
而这位美丽的公主,又会给修伊带来怎样惊心动魄的人生?

《无尽武装》《仙路争锋》作者,

网络超人气大神 缘分0!

原名《全能炼金师》,
被称为当代文学盛宴的西方幻想小说,
更被马伯庸点名推荐!

如果有什么比生命更重要,那么梦想一定能算作其一;
在这黑暗的岁月里,少年为了梦想,终于决定不再逃避;
生或死又何妨,且唤醒全部能量,用力吹响反击的号角吧!

《过境鸟》三大"主演"
终极拷问火热来袭！

锦年曾说过，她笔下每个人物对她来说都是一个个独立的人，他们是有生命的，因为彼此不同的个性和想法相互摩碰撞，才选择了不同的人生。那么，今天就让我们走进《过境鸟》，看看三大"主演"都是怎样面对菜菜的终极拷问吧！

菜菜：请问，在这个故事里，你们做过最开心的一件事是什么？

苏云溪：这个问题太有难度了，我能选择不回答吗？

（菜菜冒冷汗：锦年，你真是虐惨我们阿溪了。）

苏云溪：不过真要说开心的事情，大概是在酒吧唱歌的日子，和阿昕混在一起。不畏将来，不念过去。

（菜菜擦了把汗：那顾尽北呢？）

顾尽北：遇见苏云溪。

（苏云溪小脸红透。）

姜昕：没有特别开心的事，但是我觉得做得最勇敢并且正确的一件事就是退学去找苏云溪。

菜菜：那么你们做过最后悔的一件事是什么？

苏云溪（沉思）：疯了十年，做了太多傻事，都记不清了。

顾尽北：没有抓住她，被她逃走了。

苏云溪（闻言看向顾尽北，终于鼓起勇气）：我最后悔的，应该是到最后都没有勇气拥抱他，和他好好在一起。

（空气中弥漫着无言的酸涩，了解整个故事的菜菜看见这段对白时默默掏出纸巾擦了擦眼泪。）

姜昕：以为爱是没有对错的，去爱了一个不该爱的人。

菜菜：你们最想对锦年说的话是什么？

苏云溪：此人应该被烧死。

顾尽北：烧死+1。

姜昕：从未见过如此厚颜无耻的"后妈"。

（锦年愤怒掀桌：你们反了吗？菜菜慌忙阻拦……）

菜菜（安抚好锦年和众"主演"，拿小手绢擦掉额头的冷汗）：好了，今天我们的拷问到此结束！想知道这个故事究竟有多虐，能让几位主演公然痛斥锦年是"后妈"，就快来看锦年的震撼新作《过境鸟》吧！

叶冰伦倾情作序

2016锦年全新力作

《过境鸟》即将震撼上演

青春路上的残酷与炽烈　　生命中的缠绵与分别

有些往事　疼到心里　开不了口　只能落笔

名侦探西小洛

——真相，只有一个

毛利小编辑：这是一桩密室盗窃案。

江户川小洛：毛利叔叔，请你把案发经过详细说一下。

毛利小编辑：啊，是这样的，昨天你把新书《青空之鸟》送给我之后，我就放在了酒店床头柜上，然后去睡觉，早上七点醒来时便发现书不见了。凶手很有可能是通过窗户进来的……

此处省略几百字……

江户川小洛和毛利小编辑在缜密调查后，将犯罪嫌疑人锁定在酒店的几个客人之中。下面，让我们来听听他们的证词。

一号嫌疑人·沙千鸟（房间在毛利小编辑的左边）

啊？昨天晚上吗？我跟慕九华睡在一起，她可以证明我没去毛利先生的房间。

——《青空之鸟》女主角

二号嫌疑人·慕九华（和沙千鸟睡一个房间）

呃，是，我可以作证。我半夜十二点由于感冒醒来，听见外面有声响，就出去看了一下，大概五分钟，有犯罪嫌疑，但是我没有那么做。

——《青空之鸟》女二号

三号嫌疑人·薛壤（房间在沙千鸟的左边）

昨晚一直在赶稿子呢，没有人可以证明，但凶手不是我。

——《青空之鸟》男主角

四号嫌疑人·萧亦枫（房间在毛利小编辑的右边）

昨晚？练小提琴到十一点，然后洗了个澡，接着打游戏到凌晨两点，之后就睡着了，其间我并没有听见什么声音。

——《青空之鸟》男二号

五号嫌疑人·朱山（房间在毛利小编辑的上边）

昨晚啊，陪舒潼在外面做头发，十一点多回来就各回各的房间了。十二点的时候洗了个澡，听见外面有脚步声，但并没有大的声响。

——《青空之鸟》男三号

六号嫌疑人·舒潼（房间在毛利小编辑的下边）

因为怕黑，所以朱山送我回来以后，我就早早上床睡觉了，灯一直是开着的。

——《青空之鸟》女三号

江户川小洛：嗯，这样的话，凶手已经露出马脚了！那么，盗窃《青空之鸟》的人究竟是谁呢？

就 ═══ 不 ═══ 告 ═══ 诉 ═══ 你 ═══ ！

哈！微博关注Merry_西小洛，并晒出你买的小洛转型后的小说（包括《青空之鸟》），然后向小洛姐姐索取答案吧！

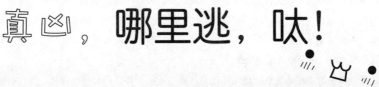

真凶，哪里逃，哒！

GLOBAL EVOLUTION
全球进化

⑤生命礼赞

内容简介：

在海边，陈潇与被柳树控制的李轻水狭路相逢。经过一番苦战后，陈潇终于在至情的控制下逃出生天。为了获得更加强大的盟友，刘畅又前往集楠军区找到了雷老虎，并获得了他的支持。刘畅与李轻水的正面较量也由此展开，在这场实力相差悬殊的战斗中，谁又能真正笑到最后？

之后，神秘的海底人突然抵达中州，竟然要与人类合作共同对付大柳树，他们的这一举动，究竟是挽救人类的好意，还是覆灭人类的阴谋？

《我的世界以你为名》-安晴

这是一个关于"年少轻狂"、关于"救赎"的故事。

正如女主角所说，我们都以为自己是救世主，却不成想断送了别人的幸福……

像陈奕迅唱的，"大概当初我未懂得顾忌，年少率性害惨你"，"原来随便错手可毁了人一世"……

扒开层层的伪装，你可还得最初的情感？

PS：后续还会有"情景音乐"奉献，请密切关注编辑（@七爷是小霸王）或者作者（@Merry安晴）微博，以及魅优公众号（"声控"千万别错过。听了CV的声音，我脑中只有四个大字：女美男帅）。

《萌二，快到碗里来》-夏桐

她说世间怎么会有这么无情冷漠的男子，却从没发现，他对她一直都不一样。

一盒手制便当引起的"血案"，让他深深记住了她。

在酒吧里，他总是满脸嫌弃，却还是让她抱了自己的大腿。

在二次元维度里，他一直鄙夷她的智商，却还是冷脸认她做了徒弟。

在学习会上，他看着大放厥词的她，心忍不住动了……

最可爱的"二货"亮丽登场！

夏桐教你如何运用"智商"捕获高材生！

《萌二，快到碗里来》，让你整个四季都怦然心动！

《青春以痛吻我》-西小洛

Ti Amo，在意大利语里，是我爱你的意思。

年少的程歌告诉青暖："青春以痛吻你，你要报之以歌。"

但他却不敢光明正大地对青暖说："我不喜欢洛薇薇，我喜欢的是你。"

这种不敢光明正大，一直到未来长大后，都仍旧不敢光明正大。

时光磨伤：你走了，我来了，我们都变了。

岁月痕迹：他开口了，我沉默了，你去哪儿了？

回首青春：我勇敢吗？你怯懦吗？时光啊，即将要长大。

看西小洛如何把岁月磨成沙，一粒一粒，吹进心里。

青春里的痛和泪水，喜与欢笑，都即将成为回忆，可能是永殇，也可能是美好。

《青春以痛吻我》带你和青暖一起去找回那个一直等在天边的人。

新书上市预告

5月

天九 著

《全球进化⑤》

▶ 神奇的海底文明，精彩的全球进化

知识出版社

缘分0 著

《风鸣大陆④》

▶ 持续引领西幻文学热潮

知识出版社

凉桃 著

《蜜糖色告白》

▶ 懒少爷的"私家萌宠"不好当

知识出版社

巧乐吱 著

《辛蒂瑞拉的微笑》

▶ 假面灰姑娘PK中华学院四美

湖南少年儿童出版社

喵哆哆 著

《初夏星逆之歌》

▶ 萌系天神少女乌龙闯人间

湖南少年儿童出版社

陌安凉 著

《灰色积木》

▶ 抑郁少女的刺痛青春

天津人民出版社

七日晴 著

《浮生纪事》

▶ 一段深情虐心的浮生奇旅

湖南少年儿童出版社

璃华 著

《九天·离歌》（上卷）

▶ 倾尽山川的旷世绝恋

天津人民出版社

《九天·离歌》（下卷）   璃华 著

▶ 跨越万年的生死相随

天津人民出版社

《仙途有诈》   唐家小圭 著

▶ 天界众仙的"麻辣恋爱史"

天津人民出版社

《遇见你的小小幸运》   希雅 著

▶ "怪咖"少年和"害羞"
少女的幸运争夺战

知识出版社

《美颜怦怦J计划》   松小果 著

▶ 魔镜少女颠覆视觉的奇
异体验

知识出版社

《假若时光不曾老去》   西小洛 著

▶ 漫长青春，别后重逢

湖南文艺出版社

《圆梦樱花塔》   茶茶 著

▶ 献给少女的樱花治愈书

湖南少年儿童出版社

《深海下的刺猬》   奈奈 著

▶ 不虐不成长，不伤不懂爱

湖南文艺出版社

《月光是我的谎言》   宅小花 著

▶ 在告别中找到最好的自己

知识出版社

《真心候补团》   米米拉 著

▶ 用真心一片，换王子一个

湖南文艺出版社

《非凡华丽家族之千面月神》   艾可乐 著

▶ 百变"极恶"校花全记录

湖南少年儿童出版社

《我愿与你浪迹天涯》   麦洛洛 著

▶ 遇见你，孤独里全是幸福

湖南文艺出版社

"晚安"系列   毕淑敏 著

▶ 心灵文字陪你温暖入眠

天津人民出版社